대
화

90대, 80대, 70대, 60대 4인의 메시지

대화

피천득 • 김재순 • 법 정 • 최인호

샘터

제1부 : 아름다운 인연, 잊을 수 없는 인연

여기 실린 내용은 월간 『샘터』 지령 400호 기념으로 2003년 4월 서울 서초구 반포동 피천득 선생의 자택에서 가졌던 대담을 채록한 것입니다. 오랜 세월 이어져온 두 사람의 인연에 대한 이야기를 시작으로 두 시간여에 걸쳐 진행된 이 대담에는, 청정하게 살려고 노력한 두 분의 삶의 경륜이 듬뿍 담겨 있습니다.

금아琴兒 피천득

수필가이자 시인이며 영문학자인 피천득 선생은, 1910년 서울에서 출생하고 중국 상하이 호강대학 영문과를 졸업했습니다. 경성대학 예과와 서울대학교 사범대학 교수를 역임하였고, 동심처럼 맑은 서정으로 주옥 같은 작품들을 써왔습니다. 시집으로는 〈서정시집〉〈금아시문선〉〈A Flute Player〉〈산호와 진주〉 등이 있으며, 단 한 권의 수필집인 〈인연〉은 영원한 수필 교과서로, 스테디셀러로서의 자리를 꾸준히 지키고 있습니다.

우암友巖 김재순

1970년 월간 『샘터』를 창간했으며 현재는 샘터사 고문입니다. 격동과 변혁의 대한민국 현대사를 온몸으로 겪어온 김재순 선생은 제13대 국회의장을 지냈으며 '토사구팽兎死狗烹'이라는 유명한 말을 남기고 정계에서 은퇴했습니다. 젊은 시절 장리욱 박사로부터 많은 영향을 받았으며 지금도 잊지 못할 스승으로 마음에 담고 있습니다. 주요 저서로는 에세이집 〈한 눈 뜨고 꿈꾸는 사람〉〈걸어가며 생각하고 생각하며 걸어간다〉〈새 지평선에 서서〉 등이 있습니다.

제1부

아름다운 인연, 잊을 수 없는 인연

도산과 춘원 – 인연에 대하여

우암 ●○ 선생님 그간 안녕하셨습니까? 선생님께서 어떤 글에 '반사적 광영 (反射的 光榮 : 남의 광영을 힘입어 영광을 맛보는 것)'이란 표현을 쓰셨죠. 오늘 제가 이렇게 선생님 모시고 대담 나누는 자리야말로 반사적 광영이라고 생각합니다.

금아 ●○ 중국말에 '뿌간당 不敢當 : 감당하기 어려움'이란 말이 있는데, 제가 오히려 감당하기 어려운 영광을 입는 셈이지요.

우암 ●○ 선생님과 제가 해마다 첫눈이 오면 서로 알리곤 하는 그

약속도 30년 넘게 꾸준히 이어오고 있습니다. 이 일을 아는 친구가 꽤 많이 있는가 봐요. 많은 사람으로부터 "피 선생님과 어떤 사이냐"는 물음을 받습니다. 선생님의 사랑을 받고 있는 저와 〈샘터〉를 부러워하는 이도 많습니다. 저야 선생님의 좋은 글에 감동하여 선생님을 따르게 되었지요.

선생님께서 지금 사시는 반포동에 이사 오신 지도 근 30년이 되리라고 여겨지는데 그 전에 사시던 동교동 댁도 기억이 납니다. 매일 구공탄을 피우고 갈아 넣는 사모님이 안쓰럽고 또 위험하기도 해서 반포로 이사한다고 하셨지요. 그 당시 제가 이런 질문을 한일이 있었습니다.

"선생님, 한 달에 얼마 쓰시나요?"

"한 달에 15만 원 쓰는데 그 중 5만 원은 집사람에게 살림 값으로 주고, 5만 원은 미국에서 공부하는 서영이에게 하는 전화 요금으로 나가고, 나머지 5만 원은 예쁜 여성들과 하는 데이트 비용으로 쓴다." 그리고 "사람이 너무 가난하면 안 되지만 적당히 가난하고 적당히 부자여야 해. 그래야 마음이 편하거든"이라는 말씀도 하셨습니다. 선생님의 생활에서 빈부를 넘어선 지혜를 느낄 수 있었습니다.

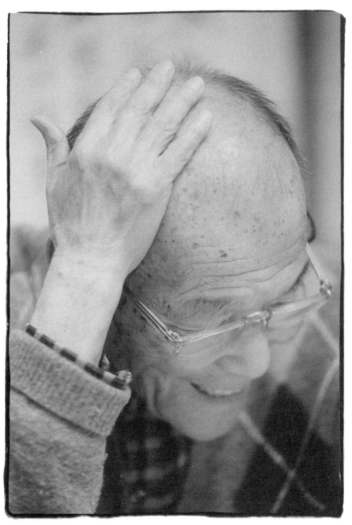

"전 생애를 통해 존경해 온 분은 도산 안창호 선생입니다. 선생의 삶은 진실 그 자체 였지요. 아마 일생토록 한번도 거짓말을 하지 않으셨을 듯싶어요."

1979년으로 기억합니다만 그해 저의 생일 선물로 르누아르의 화첩을 주신 일이 있습니다. 아마도 제가 선생님 생신에 〈시인을 위한 물리학〉이란 책을 드린 반례로 주셨다고 기억합니다.

금아 ●○ 그 당시 우암께서 일본 다녀오는 길에 〈시인을 위한 물리학〉이라는 책을 사다줬을 때 '아, 내가 대단한 친구를 만났구나' 하는 생각이 들었어요. 자기를 알아주는 사람이 인생에서 가장 좋은 친구인데, 내 딸아이가 물리학을 공부하니까 내게 이 책을 사줬을 거라 생각하니 참 고맙더군요. '내 마음을 알아주는 사람이구나' 하는 생각이 들었지요. 나한테 가장 소중한 것을 주고, 나한테 관심을 가져 주는 우암의 마음이 따뜻하게 전해져왔어요. 그때 감격했는데 그게 바로 우리 우정의 출발점이었지요. 그때 일을 계기로 물리학에 대해서 상당히 많이 공부를 했습니다. 그래서 저는 다른 것에 대해서는 몰라도 물리학에 대해서는 우암만큼 잘 얘기할 수 있어요.

우암 ●○ 선생님, 선생님의 아호雅號가 거문고 '금琴' 자, 아기 '아兒' 자, '금아琴兒' 이신데요, 제가 오래 모셨던 주요한 선생님의 아호는 '송아頌兒'였습니다. 두 분의 아호를 다 춘원春園 이광수李光洙 선생께서 지어주셨다고 들었는데 춘원은 어린이에 대한 찬송이랄까 신비감 같은 것을 평소에 갖고 계셨던 모양이지요.

금아 ●○ 춘원 선생은 참 착한 사람이었어요. 그이는 남을 미워하지 못했습니다. 남을 중상모략하는 것은 물론 나쁘게 말하는 것조차 본 적이 없어요. 아마도 그래서 때 묻지 않은 순수한 아이의 마음을 좋아했고, 제 아호에도 아기 '아兒'자를 넣어 지어주신 것 같아요. 물론 아이에 대한 사랑도 넘쳐흘렀지요. 아들을 위해 이런 노래를 불러주기도 했어요. "어젯밤 수리재 눈발이 치나 우리 아기 한양에 평안히 쉬네." 그렇게 금지옥엽 키운 아들 중 하나가 어려서 세상을 떴을 때는 굉장히 낙심했지요. 마음이 착한뿐인가요, 말도 그렇게 잘 구사하는 사람은 별로 없을 거예요.

우암 ●○ 선생님의 수필 중에 '춘원'에 관한 글이 있지요. '그는 아깝게도 크나큰 과오를 범하였었다. 1937년 감옥에서 세상을 떠났더라면 얼마나 다행한 일이었을까' 하는 글. 저는 그 구절에서 큰 감동을 받았습니다. 춘원에 대한 진정한 사랑과 존경을 그 말이상으로 표현할 수가 있었겠습니까.

금아 •○ 춘원은 저에게 워즈워스의 '수선화'를 처음 가르쳐 주신 분이고 이후로도 수많은 영시를 가르쳐 주었습니다. 도연명의 〈귀거래사〉를 읽게 하고, 인도주의 사상과 애국심을 불어넣어 준 사람도 그분입니다. '친일'이라는 주홍글씨가 새겨지기 전에 돌아가셨더라면 하는 마음을 글에 담은 것이지요.

저는 춘원이 동아일보 편집국장을 지낼 때 그의 집에 기거한 적이 있습니다. 제가 자는 방에 전화가 있었는데 신문 검열을 하는 총독부 도서과에서 한밤중에도 전화가 걸려오곤 했어요. 춘원이 옆에서 통화하는 걸 들으면 어떤 날은 "윤전기를 멈추시오", 또 어떤 날은 "어디서부터 어디까지 삭제하시오", 심할 땐 "내일 신문 내지 마시오" 하는 내용들이었습니다. 그런 수모 속에서도 신문을 잘 지켜왔는데…. 이제 와서 이런 말이 무슨 소용일까 싶지만 그의 문학적 업적만은 퇴색되지 않았으면 하는 바람이 있어요.

우암 •○ 네. 그렇군요. 춘원 이외에 선생님께서 전 생애를 통해서 존경해 오신 분이 있다면 이 자리에서 소개해 주시지요.

금아 ●○ 도산島山 안창호安昌浩 선생입니다. 선생의 삶은 진실 그 자체였지요. 아마 일생토록 한 번도 거짓말을 하지 않으셨을 듯 싶어요. 살다 보면 부득이 선의의 거짓말을 할 때가 생기지 않나요? 그런데 도산 선생께선 "만약 거짓말을 하지 않으면 동지에게 큰 해가 돌아갈 때만 거짓말을 해야 한다. 그럴 때도 침묵을 지키며 거짓말을 안 할 수 있다면 그게 더 좋은 것이다"라고 말씀하셨죠.

우암 ●○ 제가 흥사단에서 일할 때 장리욱 선생께 여쭤본 적이 있습니다. "도산 선생은 정말 거짓말을 안 하셨나요?" 그때 장리욱 선생으로부터, 도산 선생께서 "신이 아니라 인간이니 거짓말 할 수 있지. 만약 거짓말을 하지 않으면 동료에게 위해가 될 때만 한다"라고 말씀하셨다는 걸 들은 기억이 납니다.
저는 도산 선생을 직접 뵌 일은 없습니다만 그 어른이 만년에 계셨던 송태산장에는 몇 번 가본 일이 있습니다. 그리고 춘원이 쓴 〈도산 안창호〉를 8.15 해방 후 20대에 읽고 감명 받아 나름대로 도산의 정신적 제자가 된 셈입니다. 샘터사 저의 방에는 도산 선생의 영정과 그 분이 친필로 쓰신 '애기애타愛己愛他'라는 글귀가 걸려 있지요.

금아 ●○ 나는 상하이에서 도산 선생을 처음 뵈었지요. 상하이에 가면 도산 선생을 뵐 기회가 있을 거라는 춘원의 말이 내가 상하이에 간 이유 중 하나가 되었어요. 그때 도산 선생은 임시정부 일을 그만두고 선정로라는 곳의 작은 집에서 꽃밭을 가꾸며 지내고 계셨지요.

내가 살아오면서 본 것 중에 정말 명성 그대로라고 느낀 것이 두 가지인데, 하나는 금강산이고 또 하나는 도산 선생이었습니다. 그분은 우선 생김새도 비범하게 잘 나셨어요. 우악스럽거나 영웅같이 생기거나 그렇지가 않고 따뜻한 인상이었지요. 목소리도 아주 우렁찼는데 날카롭지 않고 청아하고 부드러운, 사람을 끌어당기는 그런 매력적인 목소리였어요. 나는 목소리 좋다는 미국 루스벨트 대통령의 음성도 들어봤지만 그도 도산 선생에는 못 미쳐요. 외모도 그렇고 목소리도 그렇고 맘씨도 그렇고. 도산 선생은 천품을 타고난 분이에요. 도산 선생이 스무 살 무렵에 대동강 연설을 했는데 그때부터 이 분은 굉장한 리더였지요. 내게는 도산이 아주 위대한 사람이라는 선입관이 있었는데 그분은 그 믿음을 저버리지 않으셨어요. 진실 되고 성의 있고, 누굴 만나든지 정성으로 대해주었지요. 그분은 제자도 많았는데, 제자 한 사람 한 사람이 선

생이 자기만 위해준다고 느낄 정도였으니까요. 자나깨나 우리나
라가 일본에서 해방되기만을 바라며 민족 지도자로서 일생을 독
립운동에 바치셨어요. 재산이라고는 한 푼도 남기지 못하고……

우암 ●○ 저는 도산의 일대一代 제자로 꼽히는 장리욱, 백낙준, 주
요한, 오천석, 김윤경, 박현환, 이용설 선생의 사랑을 받으며 젊은
시절을 지낼 수 있었습니다. 그분들로부터 받은 은혜는 잠시도 잊
을 수가 없지요. 정계에 뛰어들어서는 운석 장면, 유석 조병옥 선
생으로부터 남다른 사랑을 받았고, 국정의 많은 경험을 쌓을 수
있었습니다. 이분 모두 전 생애를 통하여 '이상과 현실' 속에서 고
뇌하고, 신을 찾기도 하고, 온갖 투쟁을 하다가 생을 마치셨다고
여겨집니다. 장리욱 박사 흉상에는 그 어른이 쓰신 글이 새겨져
있습니다. '세상을 지혜롭게 사는 사람은 누군가, 한 눈 뜨고 꿈꾸
는 사람일 게다.' 뜬 눈으로는 현실을 보고 감은 눈으로는 미래를
본다는 뜻이지요.

신은 결코 주사위를 던지지 않는다 - 신앙에 대하여

우암 ●○ 언젠가 선생님께서는 저에게 "나는 죽을 때까지 종교를 못 가질 것 같아"라고 말씀하신 적이 있었습니다. "이렇게 세상이 타락하고 나쁜 사람이 많아 신문, 방송마다 매일 아침부터 살인 · 강도 · 유괴 · 사기 · 협잡을 보도하고 있으니, 하느님이 계신다면 이럴 수가 있겠는가. 그리고 착하고 어진 사람도 많으련만 이들에게 진정 용기와 힘을 주는 하느님이 과연 계시는 것일까"라는 말씀과 함께 말이죠. 그런데 선생님께서는 만년에 가톨릭 신자가 되셨지요. 과연, 이 세상에 신이 있음을 믿으시는지요?

금아 ●○ 글쎄요, 확언은 할 수 없지만 신의 높은 경지나 정신은 가끔 느끼지요. 대자연의 아름다움이나 웅장함을 볼 때도 그런 걸 느낄 수 있고 음악을 들을 때, 이를 테면 베토벤의 교향곡 제9번과 같은 최상의 음악을 들을 때도 신의 존재를 느낍니다. 신이 안 계시다면 어떻게 인간의 힘으로만 그토록 아름다운 음악을 창조할 수 있을까 싶어요.

제가 가톨릭에 입문한 데는 재미난 사연이 있어요. 얼마 전 작고한 김태관 신부님이 제가 쓴 글 한 편을 보고 저한테 아무 조건 없이 세례를 줬어요. 원래는 몇 달 간 교육도 받아야 한다는데 전 특별한 문답도 없이 세례를 받았지요.

우암 ●○ 그럼 무시험으로 통과하신 거네요.

금아 ●○ 네. 그때 김 신부님이 읽은 글이 '권력에 굴복하지 말고 불쌍한 사람 저버리지 않게 해주소서. 일상 생활에 있어서 대단치 않은 것에 근심 걱정하지 않게 해 주소서' 이런 내용이었답니다.

저는 '예수님' 하면 이런 생각이 들어요. 예수님이 얼마나 가난한 생활을 했습니까. 예수님의 친구는 어부처럼 그 당시 가난하고 천

"신앙이란 '홀로 있는 것', '신이 찾아오는 발자국 소리를 듣는 것'이라고 자득하고 있습니다. 저에게 있어 기도는 소원이나 구원을 위한 것이기보다는 감사의 기도입니다."

대받던 이들이었고 애인이라야 매음녀같이 사회에서 소외받는 사람들이었는데, 예수님은 이들을 오직 애정으로, 인간에 대한 근원적인 사랑으로 대했지요. 얼마나 인간적인 분입니까. 저는 신적인 면보다도 예수님의 그런 인간적인 면을 사랑합니다. 제 종교관은 그런 겁니다.

우암 ●○ 저는 모든 종교가 어린이의 순진무구한 마음을 강조하고 있다고 생각합니다. 예수님이나 부처님이나 모두 어린이 시대를 강조하고 있고, 모든 사람이 동심을 그리워하지요. 다시 어린이가 되고 싶어하는 마음, 인생의 시작에 대한 그리움, 한 걸음 더 나아가서 인생을 다시 살고 싶어하는 욕구, 이런 욕구가 종교와 이어지는 것은 아닐는지요. 파스칼은 이런 말을 했습니다. "그대가 나〔神〕를 발견한 일이 없었다면 나를 찾지도 아니 했으리라" 그리고 "나는 신이 있느냐 없느냐 중에서 있다는 데 걸었다. 그리고 그 도박이 정당하다고 주장한다" 참 재미있는 말이지요!

금아 ●○ 네, 그렇습니다. 어떤 사람들은 역경이나 불행 앞에 '아, 신이 계시면 어떻게 이럴 수가 있을까' 하고 말하기도 합니다. 물리 책에 이런 구절이 있어요. '신은 결코 주사위를 던지지 않는다 God never plays dice.' 언제든지 법칙대로만 한다는 거죠. 그렇기 때문에 우리가 보기에 신이 계시면 어떻게 저럴 수가 있느냐 하는 상황들, 가령 예배 보러 가는 사람들을 태운 버스가 사고가 날 수도 있는데, 그런 경우 사람들은 신이 구해 주셔야 마땅하지 않나 생각하지만, 신은 인위로 개입하지 않고 언제든지 정해진 법칙대로 행하신다는 말입니다. 그걸 어떻게 생각하면 냉정하다고 할 수도 있지만, 최소한 이랬다저랬다 하시지는 않잖아요. 물론 인간이 신의 동정을 바라는 건 어쩔 수 없는 일이겠지만요.

우암 ●○ 정치가와 경제인들은 종교에 대해 이야기할 때 "종교란 자동차로 말하면 브레이크 같은 것이며, 정치와 경제는 액셀러레이터이다. 때로는 양자를 겸하는 사람이 나타난다. 성 프란체스코처럼…"이라는 말을 하곤 합니다. 한 마리의 양을 구하기 위해서 종교가 있지요. 그러나 역사와 정치는 아흔아홉 마리 양의 안전을 먼저 생각합니다. 그리고 여유가 있으면 나머지 한 마리를 찾으러 나가지요.

저는 깊이 있는 신앙 생활은 못하고 있습니다만 그저 '신앙이란 홀로 있는 것', '신이 찾아오는 발자국 소리를 듣는 것'이라고 자득하고 있습니다. 저에게 있어 기도는 소원이나 구원을 위한 것이기보다는 감사의 기도입니다.

금아 ●○ 저 역시 좋은 기도란 바로 감사의 기도라고 생각합니다. 제 방에 노인이 기도를 드리는 사진이 하나 있습니다. 그런데 그 사진을 보면 노인은 수프 한 그릇, 빵 한 조각을 놓고 기도를 올리고 있습니다. 지극히 소박한 생활, 그것이 종교의 본의가 아닐까 합니다.

우암 ●○ 제 방에도 그림이 하나 걸려 있습니다. 전 그 그림 속 베드로가 참회하는 모습이 아주 가슴에 와 닿아요.

수프 한 그릇, 빵 한 조각을 놓고 소박한 기도를 드리는 노인의 사진

사진. 김동하

음악은 신이 주신 은혜 – 예술에 대하여

우암 ●○ 선생님의 생활에서 음악을 빼놓을 수 없지요. 요즘도 베토벤 교향곡 9번을 자주 들으시나요? 선생님의 시 '이 순간'에서도 친구들과 함께 베토벤 교향곡 9번을 들을 수 있는 그 순간의 기쁨을 노래하셨지요.

금아 ●○ 명곡을 들을 때면 '신의 경지란 바로 이런 것이 아닐까' 하는 생각이 절로 듭니다. 또 인간이 만물의 영장임을 음악을 통해 비로소 알게 됩니다. 음악이야말로 신이 인간에게 준 최고의 선물이라고 생각합니다.

우암 ●○ 요즘에는 주로 어떤 음악을 들으십니까?

금아 ●○ 베토벤 교향곡 9번이 여전히 내 마음을 가장 사로잡아요. 모차르트도 많이 듣고, 음악만 방송하는 FM 채널을 알게 되어 요즘은 방송을 듣는 낙으로 삽니다. 난 대중음악도 가끔 듣는데, 대중음악 나름이지만 노랫말도 그렇고 곡조도 그렇고 내가 듣기에는 천박한 것이 많아요. 젊은 아이들은 좋아할지 모르지만요. 국악도 대단히 좋아합니다. 국악과 양악과의 조합이라고 하나, 퓨전이라고 하나 그런 음악보다는 옛날부터 내려오는 정통 국악을 더 좋아하지요.

우암 ●○ 철학자 칸트는 '고뇌는 활동에의 박차拍車'라고 하면서 "활동 속에서만 우리는 생명을 느낄 수가 있다"라고 했는데, 베토벤이야말로 그러한 작곡가라고 생각합니다. 베토벤의 고뇌와 절망은 우리가 짐작하기 어려울 만큼 깊었을 겁니다. 26세에서 30세 사이에 그는 이미 청각 상실을 자각했다지요. 45세부터는 사람들과의 대화가 어려워 필담으로 의사소통을 하게 되었고요. 그가 32세 때 두 동생에게 쓴 유서도 유명한데요. '하일리겐 슈타트의

금아 피천득의 방 한쪽에 놓인 책들.

유서'라고 불리는 그 글에 서명하는 순간 새로운 창작 의욕이 불붙었다는 것이지요. 그 후 베토벤은 '전원', '운명' 등 걸작을 발표합니다.

베토벤 만년의 명작, 교향곡 9번 '환희'는 인류의 사랑을 노래한 위대한 곡이지요. 베토벤과 동시대인이었던 시인 실러의 격조 높은 시도 교향곡 9번의 내용이 되지 않았다면 지금처럼 우리에게 널리 알려지고 영향을 끼치지 못했을 겁니다. 교향곡 9번은 베토벤이 도달한 최후의 심경이라고 생각됩니다. 그 곡을 처음 연주할 때, 듣지 못하면서도 지휘봉을 휘두르는 베토벤의 모습을 영화로 보았습니다. 그때 제가 느낀 그 감격과 감동을 좀처럼 잊을 수가 없어요.

금아 ●○ 음악에는 기도와 희망이 있지요. 그것을 표현하는 연주에는 즐거움이 있고요. 음악은 고뇌하는 사람에게 밝은 내일이 오도록 희망을 주고, 즐거워하는 사람에게는 내일도 즐겁도록 소망하게 합니다. 또 음악 속에서의 교감, 음악을 통한 감응은 신이 주는 은혜라고 생각합니다.

우암 •○ 네, 이제 시에 대한 이야기를 나눠볼까요? 옛날, 제가 주요한 선생님께 "선생님께서는 처음부터 시만 쓰셨는데 소설을 쓰실 생각은 아니 하셨던가요?"하고 물은 적이 있었습니다. "소설에는 잡소리를 써야 해서…"라시던 주 선생의 말씀이 기억납니다. 선생님은 수필을 주로 쓰셨는데 언젠가부터 시 외에는 글을 쓰시지 않았지요. 특별한 이유가 있습니까?

금아 •○ 내가 산문을 쓰지 않은 지는 벌써 30년이 되었습니다. 사람의 능력이란 게 한계가 있어요. 이제 내 한계에 도달했다, 그렇게 느낄 때는 바로 붓을 꺾어야 하지요. 그런데 쓰지 않으면 세상에서 잊혀지는 것 같아서 전만 못한 글을 자꾸 써댄다 말이죠. 그러다 보면 글이 가치가 낮아지고, 허위가 되고, 수준 이하의 글쓰기를 되풀이하게 돼요. 이 이상 발전할 수 없다, 한계다, 이렇게 느낄 때는 살롱에 가서 술을 마시거나 잠자코 침묵하는 게 낫지요. 그런 이유에서 내가 산문 쓰기를 그만뒀는데, 시는 짧으면서도 함축성 있게 글을 쓸 수 있지 않아요? 구태여 시까지 쓰지 않을 필요가 있을까 해서 시는 써왔습니다.

우암 ●○ 선생님께서 2002년 월드컵 때 월간 『샘터』에 주신 시 '붉은 악마' 는 참 좋았습니다.

붉은 악마들의 끓는 피,
슛! 슛! 슛!
볼이 적의 문을 부수는 저 아우성!
미쳤다 미쳤다 다들 미쳤다.
미치지 않은 사람은 정말 미친 사람이다

유머러스한 선생님의 체취가 느껴지는 시, 외침이었습니다. 말라르메는, 시는 사상이 아니라 언어로 만드는 것이라고 말했지만 시에는 어떤 저작보다 엄숙한 목적이 있다고 여겨집니다. 또, 선생님께서 좋아하시는 프로스트는 "시는 기쁨으로 시작하여 지혜로 끝난다"고도 했지요. 시는 인생의 비평이라고 한 이도 있고요.

금아 ●○ 우리나라에도 시를 잘 짓는 분이 많았지요. 저는 우리말을 멋지게 형상화한 시인으로서 황진이를 아주 높게 생각하고 있습니다. 현재 황진이의 작품은 여섯 수밖에 전해 오고 있지 않지만 이런 시조 한번 들어보세요.

　　동짓달 기나긴 밤을 한 허리를 베어내어
　　춘풍 이불 밑에 서리서리 넣었다가
　　얼운 님 오신 날 밤이어든 구비구비 펴리라.

이 시조에서 나타나듯이 황진이는 시간과 공간을 넘나들며 시어를 구사하고 있습니다. 이런 무서운 재주를 지닌 시인은 어느 나라에도 없을 것입니다.

우암 ●○ 네, 그렇군요. 선생님께서는 몇 살 무렵에 독서를 가장 많이 하셨나요? 평생 책을 놓지 않으셨을 테지만요. 독서에 얽힌 이야기도 들려주시지요.

금아 ●○ 중학교(제일고보, 경기고등학교의 전신)에 들어갔던 그 첫 해 가장 많이 읽었어요. 그땐 학과 공부는 거의 하지 않고 책만 읽었지요. 그때는 순 일본어로 쓰여진 책들뿐이었어요. 셰익스피어 작품을 비롯해서 일본어로 번역된 서양 소설을 제일 많이 읽었어요.

가장 심혈을 기울여 읽은 책은 아리시마 다케오라는 일본 소설가의 작품들이었는데, 진집을 구해 숙독을 하곤 했지요. 당시 일본 사람들로서는 흔한 일이기도 하지만 아리시마 다케오는 잡지 여기자와 사귀다가 동반 자살을 했어요. 도쿄 제국대학 교수가 될 수도 있었지만 안정된 직업이니 명예 따위에 욕심 내지 않고 끝까지 창작하는 사람으로 남았다는 점이 마음에 들었어요. 글도 솔직했고요.

독서에 관한 한 특히 저는 춘원에게서 많은 영향을 받았어요. 그분은 책읽기 버릇을 들여야 한다며 항상 옆에 책이 있어야 한다고 말했습니다. 백과사전 같은 책들을 서가에 번듯하게 꽂아두는 사람은 절대 공부 안 하는 사람이라는 말이지요.

우암 ●○ 저는 외국 여행을 할 때마다 꼭 책방을 찾는데요, 책이 많고 잘 분류되어 있는 모습도 부러웠지만 무엇보다 서점 안에 사람이 꽉 차 있다는 데 압도당하곤 했습니다. 또 어느 곳을 가도 젊은 이들의 뒷주머니에는 페이퍼백이 꽂혀 있게 마련이고, 기차나 버스 안의 승객들은 하다못해 신문이나 잡지라도 늘 무언가를 읽고 있지요.

내 사랑 잉그리드 버그만 - 여성에 대하여

우암 ●○ 선생님 댁을 찾은 이들은 한결같이 선생님 책상머리에서 잉그리드 버그만의 처녀 때 사진을 보았다고들 하는데, 그렇게 사진을 가까이 두시는 이유는 그 청순한 젊은 여성에 대한 동경 때문이겠지요?

금아 ●○ 그 사진 이야기가 소문이 나서 한번은 이런 일도 있었습니다. 어떤 스님이 제 글을 읽고 잉그리드 버그만의 사진을 복사해서 보내달라는 연락을 해왔어요. 복사를 해놓고 찾아가라고 그랬는데 어디 깊은 산골에 살고 있는지 아직 찾으러 오지 않네요.

우암 •○ 승방에 잉그리드 버그만 사진이 걸려 있는 걸 상상하니 그 것도 재미있네요. 언젠가 선생님이 "나를 찾는 여성은 모두 예쁜 여성뿐이야. 머리가 나쁘거나 예쁘지 않은 여성을 나는 만나지 않거든…"이라고 하신 말씀이 생각납니다.

선생님께서는 여성을 볼 때 그가 지금 연애를 하고 있는지 아닌지 아실 것 같아요. 연애를 하고 있는 여성은 어딘가 표정이 좀 다르지 않은가요? 비싼 화장품을 바르는 것보다 연애를 하는 편이 훨씬 예뻐진다고도 하지 않습니까. 남자도 연애하는 남자는 어딘가 싱싱하고, 씩씩해 보이고요. 연애든 일이든 무언가에 열중해 있는 여성은 유난히 아름답게 보이지요. 선생님 생애에서 잊을 수 없는 여성을 이 대담에서 피력하실 수 있을까요?

금아 •○ 1930년대였지요. 제가 상하이에서 공부를 할 때 병이 나서 도산 안창호 선생이 입원을 시켜준 적이 있었어요. 그런데 입원한 다음날 아침, 작은 노크 소리와 함께 한 간호사가 병실로 들어와 "안녕히 주무셨어요?" 하고 한국말로 인사를 한단 말이에요. 그곳에 한국인 간호사가 있을 줄은 꿈에도 생각을 못했던 터라 그때의 놀람과 기쁨은 어떻게 표현할 수가 없는 것이었어요. 그 간

책상 위에 놓인 젊고 청순한 모습의 잉그리드 버그만 사진

호사는 틈만 나면 제 병실에 찾아와 자기 고향 이야기도 하고, 선물로 받았다는 예쁜 성경도 빌려 주었어요. 그녀는 '누가복음'을 좋아한다고 했고, 저한테 타고르의 〈기탄잘리〉를 읽어 줄 때도 있었죠. 저 역시 그 사람에게 진심으로 열정을 쏟았죠. 그 후 상하이 사변이 일어났을 때 제가 큰 위험을 무릅쓰고 찾아가 한국으로 함께 가자고 했더니 그녀는 "저의 책임으로나 인정으로나 환자들을 버리고 갈 수는 없습니다"라고 하더군요. 한동안 머물며 간곡히 설득했지만 마음을 바꾸지 않아 어쩔 수 없이 저만 한국으로 왔어요. 그 여자 이름이 바로 '유순'이에요. 나중에 춘원이 〈흙〉이라는 소설을 쓰다가 여주인공 이름을 못 정해서 고민하는 걸 보고 제가 "유순이라고 지으면 어떨까요?"하고 말씀 드려서 주인공 이름으로 채택된 에피소드도 있습니다.

우암 ●○ 선생님 연배의 분들 가운데 세상을 놀라게 한 연애 박사도 계셨지요. 금강산으로 사랑의 도피를 한 어느 시인의 에피소드도 있고요. 하긴 남녀의 사랑이란 당사자 두 사람밖에 모르는 일이니, 그것을 묻는다는 것이야말로 어리석은 일 아닌가 합니다. 그런데 선생님, 요즘은 외국뿐 아니라 우리나라에도 결혼을 하지 않고 경제적으로 자립하여 살아가는 여성이 많은가 봐요. 이런 여성을 프랑스에서는 '매트레스Matresse'라고 한다는데, 그들에게서는 자립한 여성의 프라이드 같은 것이 엿보입니다. 이런 면에 대해서는 어떻게 생각하시는지요?

금아 ●○ 글쎄요, 연애라든가 남녀 관계에 있어서도 예전과는 가치관이 많이 달라졌고, 세상이 아주 급격하게 변해가는 것만은 사실이에요. 지금도 그렇지만 앞으로는 더 그럴 것이고. 여성들이 옛날보다는 더 자유로워졌고 지위가 향상되었다고 볼 수도 있지요. 난 여성의 자립에 대해서 심정적으로 아주 관대해요. 독신이나 출산 기피 같은 현상도 개인의 사생활이니 옳다 그르다 말할 성질이 아니라고 생각해요. 그 사람 자신의 판단으로 자신의 인생을 설계하는 것이니 이래라 저래라 할 건 아니지요. 앞으로 그런 예가 더 많아지면 많아질지언정 옛날로 다시 돌아가는 일은 없을 테고요. 출산 기피 같은 경우 사회적으로나 국가적으로나 바라는 바는 아니지만 어떻게 하겠어요, 개인의 자유인데요. 다만 간접적으로 출산을 장려하는 방법은 있을 거예요. 요즘은 과외비 비싸서 아이 못 낳겠다는 사람들도 있는데, 아이를 낳을 때 국가가 출산 비용이나 교육비를 부담해 주는 식으로 도와주는 방법이 있지요.

우암 ●○ 물론 그렇습니다. 그런데 저는 여성을 볼 때면 저도 모르게 어머니에 대한 그리움이 오버랩 되곤 합니다. 여성에게 어머니와 같은 따스함, 편안함을 기대하게 되고 어리광부리고 싶은 마음이 드는 건 인지상정인가 봅니다. 저뿐만 아니라 남성은 잠재 의식 속에서 어떤 여자든 먼저 자기 어머니와 비교하게 되는 것은 아닌지요. 선생님, 어떻습니까? 선생님께서는 주요섭의 〈사랑방 손님과 어머니〉란 작품에 대해서 종종 말씀하시곤 하는데요.

금아 ●○ 그 소설에 들어 있는 한 대목이 어머니와 저의 에피소드이기도 하지요. 그런데 소설에 보면 사랑방 손님이 떠나간 후 계란 장수가 왔을 때 어머니가 "이젠 계란 먹을 사람 없어요"라며 돌려보내지 않습니까. 전 그게 아주 못마땅해요. 사랑하는 딸에게 계란을 사 먹일 수 있는데 말입니다. 제가 어떤 자리에서 주요섭 선생에게 그런 언질을 주었더니 소설의 줄거리를 부각시키기 위해 그랬다고 하더군요.

말이 곧 조국이다 – 우리말, 우리 교육에 대하여

우암 ●○ 저는 평소에 조국이란 무엇일까를 생각하면서 '우리말이 곧 조국이 아닌가' 하고 스스로 납득하곤 했습니다. 이는 본래 프랑스 사람들이 한 말인데, 유태 민족이 2천 년 이상이나 나라 없이 유랑하면서도 히브리 말을 잃지 않았기 때문에 다시 나라를 세울 수 있었던 것 아니겠습니까. 일제 치하에서 조국의 광복을 위하여 희생하신 선열이 많이 계십니다만 그 중에서도 우리말을 지키고 발전시키기 위해서 갖은 고초와 학대를 이겨낸 선배들, 조선어학회 사건 등을 생각할 때면 절로 눈시울이 뜨거워집니다. 일제 때 저희 또래가 민족에 눈을 뜨고 조국의 광복을 신앙처럼 생각할 수

있었던 것도 춘원의 작품, 육당의 〈고사통〉 같은 작품에 힘입은 바
가 큽니다. 소월의 시 '초혼'은 지금도 줄줄이 외우고 있습니다.
시란 역사를 움직이는 위력을 갖고 있다는 사실을 실감할 수 있습
니다.

금아 ●○ 옳은 말씀입니다. 제2차 세계대전 때 미국과 영국이 같은
편이 될 수밖에 없었던 이유는 바로 말이 같았기 때문이 아닌가
싶어요. 그만큼 언어는 중요합니다. 우리말은 곧 우리 민족의 혼
이거든요. 난 아이들도 우리나라 말을 할 줄 알고 서툴러도 잘 하
려고 애써야 정이 가지 그렇지 않으면 싫어요. 말이라는 게 정을
흐르게 하는 거니까.
그런데 요즘 보면 어린 아이들한테 우리말 잘 가르칠 생각은 하지
않고 영어 가르치기에만 급급한데 너무 서두르는 건 안 좋아요.
부모들이 아이들에게 우리말을 사랑하도록 해야 하는데 말이죠.
지금은 초등학교 교과목에 영어가 따로 있다고 들었는데 난 조기
영어 교육에 반대예요. 여기가 미국 식민지도 아니고 무슨 주책이
냐 말이죠. 나중에 배워도 충분히 영어를 잘 할 수 있으니까요. 나
도 중학교 때 처음 교과서로 영어를 접했지만 부족함을 못 느꼈어

요. 우리말을 사랑한다는 건 우리나라를 사랑한다는 것이나 마찬가지지요.

우암 ●○ 교육 이야기가 나왔느니 말인데요. 오늘날 우리 교육에 대해서 걱정하는 이가 많습니다. 하늘을 찌를 듯하다고 하면 과장일까요? 아무려나 실제 우리 교육계가 말이 아닌 모양입니다.

금아 ●○ 요즘 많은 아이가 컴퓨터 게임에 빠져 있고 책에 대한 흥미를 잃어 지식과 교양 수준이 떨어지고 있으니 문제예요. 선생님에 대한 존경도 잃은 지 오래이고. 학부모들도 교사를 더 이상 존경하지 않습니다. 자꾸 일본 예를 들어 안됐지만, 일본에 이런 이야기가 있지요.
고위 장성인 아버지를 둔 아들이 있었답니다. 아버지가 대단한 사람이라 아들도 거만해져서 학교 선생님까지 우습게 생각하더랍니다. 이 아버지 생각에 이러다간 자식 버리겠다 싶어 어느 날은 아들과 함께 선생님 댁에 찾아갔다지요. 그런데 이 아버지는 집 안으로 들어가기 전부터 고개를 숙이더니 선생님 앞에서는 꿇어 앉아 사죄를 했답니다. "자식을 맡기고서도 이제야 찾아뵙게 되어 정말 죄송합니다"하고요. 자기 아버지처럼 대단한 사람이 선생님 앞에서 쩔쩔 매는 모습을 보고 아들은 무슨 생각을 했을까요. 그런 식으로 아버지는 아들을 가르친 것이지요.

사교육 문제도 정말 큰일이지요. 학교가 아이들을 잘 가르쳐 학원 갈 필요가 없게 만들어야 합니다. 교육에서마저 빈익빈 부익부 현상이 일어나서야 되겠어요? 가난한 학생들도 마음 놓고 공부할 수 있는 환경이 필요한데, 이를테면 옛날 사범학교 같은 제도가 있었으면 좋겠어요. 머리는 좋지만 형편이 어려운 학생들에게 학비와 생활비를 지원하고, 학생들은 졸업 후 교사가 되어 자기 업에 전부를 바치는 그런…. 그렇게 되면 훌륭한 교사도 많이 나오고, 가정 형편이 어려운 아이들도 걱정 없이 공부할 수 있지 않겠어요.

우암 ●○ 교육이란 어떤 나라를 만드느냐의 수단이기도 한데, 평등, 평등하면서 하향 평등을 서슴지 않고 주장하는 사람들을 보면 한심스럽기 그지없습니다. "평등이 질質의 적이 되어서는 안 된다"고 외치고 있는 영국 블레어 수상의 말을 귀담아 들을 필요가 있지요.

가능성의 기술 – 정치에 대하여

우암 ●○ 괴테는 "정치는 운명이다"라고 했습니다. 저의 정치 생활도 따지고 보면 50년 삶이 되는 셈인데, 괴테의 말이 실감나는 요즈음입니다. 정치에 관해서는 재미있는 이야기가 많은데요, 처칠은 70세 때 정계 은퇴 시기를 묻는 기자들에게 "즐거운 파티 도중에 물러나는 일은 좋지 않다"고 했다지요.

금아 ●○ 요즘 정치판을 보면 네가 더 많이 먹었느니 내가 더 많이 먹었느니 하며 밤낮 싸움만 일삼고들 있어요. 정치가로서 부끄럽지 않은, 양심에 거리낄 것이 없는 그런 정치를 해야 하는데…. 하느님이 주신 복으로 사람은 옳은 일과 그른 일을 구별할 수 있는 능력이 있어요. 양심이라고 할까 이성이라고 하는 것은 누구나 타고나는 것이지요. 그른 생활을 하는 사람들은 알고서도 하는 거지 모르고 하는 게 아니거든요.

세태는 점점 악화되는 것 같지만 그래도 정치에 가능성이 엿보여요. 예전에 비해 민주적인 시스템이 도입되었다고나 할까, 이젠 아무도 쿠데타 따위로 세상을 바꾸려는 생각은 못 하잖아요. 이것이 그나마 문화적으로 향상된 면이라고 생각합니다.

우암 ●○ 제가 13대 국회의장으로 있을 때 거의 매일 저녁 국회 초선 의원 내외분을 공관에 초청하여 저녁 대접을 했어요. 그때마다 제가 한 얘기의 줄거리는 이랬지요.

"이 나라에 훌륭한 인물이 있느냐고 물을 때, 여러분은 어떤 대답을 준비하셨소. '우리나라에 위대한 인물, 훌륭한 지도자가 없다고 한탄하는 사람이 많소. 허나, 그렇게 한탄하는 당신은 왜 지도자가 될 결심과 노력을 하지 않소!' 라고 하신 도산 선생 말씀이 기억납니다. 큰 인물, 위대한 정치가가 어디서 생겨날 것입니까. 그 모태는 국회가 아니겠습니까. 당신은 처음으로 국회에 나온, 이제

갓 심어진 묘목 한 그루인 셈이오. 이 묘목이 잘 자랄 수 있도록 꾸준히 물도 주고, 거름도 주어서 큰 재목으로, 화려한 꽃으로, 열매 맺도록 힘쓰시기 바라오."

정치를 흔히 '가능성의 기술'이라고 합니다. 국적과 종교, 민족과 문화의 차이에도 불구하고 인류에게는 보편적인 가치가 있지 않습니까. 자유, 평등, 박애의 개념이 존재하여 우리를 인도하고 있는데요. 그러나 이 개념들은 서로 떼어 놓을 수 없는 동시에 서로 대립하고 있습니다. 평등을 멋대로 강제하면 자유와 박애가 파괴되고, 자유만을 강조하면 약육강식의 세상이 되지요. 또 자기 희생 없는 박애는 거짓의 온상이 될 것이고요.

이때가 바로 '가능성의 기술'인 정치가 제 몫을 해야 할 때이지요. 자유, 평등, 박애 중 어느 쪽을 중시해야 할 것인가 하는…….
정치가는 그런 때를 인식해야 하는 사람들입니다. 오늘날 한국 정치에서 가장 중요한 대목은 박애가 아닐까 합니다. 아량이라 해도, 관용이라 해도, 용서라 해도 좋겠지요. 몇 천 년 전이나 오늘날이나 인류 최고의 가치는 용서라는 생각도 듭니다.

정치뿐 아니라 매스컴도 우리 삶의 중요한 부분인데요, 매스컴 얘기를 하니 저는 '저널리즘이 해서는 안 되는 두 가지가 있다. 즉

금아 피천득의 서재 전경

권력에 아부하는 것, 대중의 인기에 영합하는 것이다' 라는 말이
떠오르는데 선생님께서는 요즘의 매스컴에 대해서 어떻게 생각하
시는지요.

금아 ●○ 매스컴은 우선 거짓과 왜곡을 행하지 말아야 합니다. 어
디까지든 정직해야 되고, 또 있는 그대로를 보여줘야지요. 다른
것을 가져다 붙이거나 하지 말아야 하지요.

다시 태어나도 이렇게 살아가리 – 꿈에 대하여

우암 •○ 〈시인을 위한 물리학〉 덕분에 공부를 많이 하셨다고 했는데, 선생님께서는 물리학에 아주 관심이 많으시다고요.

금아 •○ 네, 그래요. 특히 우주에 관심이 많죠. 수천, 수만, 수억의, 도저히 헤아릴 수 없는, 무한히 많은 성좌가 자리 잡고 있는 우주는 참 기가 막히게 신비한 곳입니다. 더구나 그 어마어마한 우주가 팽창하기까지 한다는 것 아닙니까. 정말 놀랍고도 신비로운 일이지요. 맨 처음 우주는 어떻게 생겨났을까요? 아주 아주 작은 생물체가 우연한 기회에 빅뱅을 일으켜 생겨났다고 하지요. 종교

적으로는 신이 창조했다고도 하는데 그렇다면 우주의 창조 이전
에 신은 무엇을 했을까요? 이에 대해서는 그 누구도 명확한 대답
을 할 수가 없을 겁니다.

우암 ●○ 현대의 대표적 과학자인 아인슈타인조차도 연구실에 들
어갈 때마다 "주여, 이 문제에 대해 저에게 알려주세요"라고 기
도를 올렸다지요.

금아 ●○ 아인슈타인에 대한 일화는 많아요. 이스라엘 건국 때 아
인슈타인에게 초대 대통령을 맡아 달라고 제안하니 "방정식
equation은 정치politics보다 생명이 더 길다"라는 말로 거절했다는
유명한 이야기가 있지요. 아인슈타인은 처음에는 원자탄 제조를
반대했지만 히틀러 때문에 원자탄을 만들기로 결심했다고 합니
다. 그리고 그것 때문에 평생을 괴로워했지요.

우암 ●○ 저는 가끔 천문학자가 되고 싶다는 생각을 합니다. 작고
하신 홍종인洪鍾仁 박사께서 예전에 저에게 "재순 군! 나하고 별
구경 가자. 정치판에나 따라다니면 시야가 좁아져. 별을 봐야 해"

라고 해서 남산 과학관으로 천체 구경을 간 적이 있었습니다. 저는 지금도 미국에 가면 뉴욕의 자연박물관에 찾아가 한없이 신비로운 천체 화면에 도취되기도 하지요.

몇 년 전 노벨 물리학상을 받은 일본의 고시바 마사토시小柴昌俊 교수의 수상 이유는 뉴트리노 천문학의 창시라고 했습니다. 뉴트리노는 우주의 수수께끼를 풀어줄 신비의 소립자로 알려졌는데, 초신성(超新星- 별의 진화 과정에서 마지막으로 대폭발을 일으켜 태양의 천만 배에서 수억 배까지 밝아지는 별)에서 나오는 아주 미세한 분자를 감지할 수 있는 탐지기를 만들어 이 뉴트리노를 관측하는 데 성공하였다는 것이지요. 고시바 마사토시는 우주 방사선을 피하기 위해 1천 미터 지하의 폐광 터에 5천 톤 규모의 물탱크로 된 실험 시설을 만들어 연구를 시작했다고 하지요. 그 때가 1982년이었고, 그로부터 20년 동안 한 우물을 판 결과 마침내 태양 내부를 관측할 수 있는 길을 열었고, 우주 물질의 비밀을 파헤치는 데 반드시 필요한 뉴트리노를 찾아낸 것입니다.

선생님, 이런 이야기는 듣기만 해도 너무 엄청나서 저 같은 사람에게는 생각 밖의 이야기지요. 그 엄청난 일을 극히 미세한 뉴트리노의 발견으로 해낼 수 있다는 이런 점이, 다시 사람으로 태어

두 사람의 대화는 금아 피천득의 반포동 자택에서 이루어졌다.

나면 그 분야에 꼭 도전해 보고 싶은 충동과 꿈을 가지게 합니다. 선생님, 혹시 다시 태어난다면 물리학자가 되고 싶은 생각도 있으신가요?

금아 ●○ 그런 생각은 없고 저는 다시 태어나더라도 영문학자가 되어 지금의 생활을 되풀이하고 싶어요. 그 첫째 이유가 구속받지 않는 삶이기 때문이고, 돈에 집착하지 않고도 생활할 수 있기 때문이지요. 또 남하고 무슨 경쟁을 하거나, 남을 딛고 내가 일어선다든지 남에게 해를 끼치고 내가 잘 된다든지 그런 생각을 안 하고도 살 수 있으니까요. 내 직업이든 살아온 환경이든 아무 불편을 못 느끼고 살았으니까요.

우암 ●○ 윈스턴 처칠도 90회 생일에 기자들에게 같은 말을 했다고 하네요. "나를 낳아주신 아버지와 어머니가 다시 나를 낳아주시면, 내가 살아온 인생 꼭 그대로 조금도 가감 없이 살고 싶다"고 말이죠. "지금 물고 있는 시가cigar도 계속 피우시겠습니까?"라는 질문에는 "아, 그럼 물론이지"라고 하며 에피소드를 하나 소개했습니다. 처칠은 보아 전쟁 때 종군 기자로 참전을 했는데, 어느 날

전세가 불리해져 그가 속해 있던 소대에 퇴각 명령이 내려졌답니다. 퇴각을 하다가 문득 참호 속에 두고 온 시가가 생각나서 소대원들과 떨어져서 시가를 가지러 갔다 와서 보니 소대원이 모두 죽어 있더라는 거예요. 그 얘기를 들려주며 "이래도 시가를 피우지 말란 말이냐?"고 했다는 겁니다.

선생님도 지금까지 살아오시면서 처칠처럼 운이 좋았다고 생각되는 적이 있으신가요?

금아 ●○ 글쎄요. 내가 제일 고생한 때가 일제 치하인데 상하이에서 학교 공부를 마치고 돌아왔어도 직업을 얻기가 힘들었어요. 학원 선생을 했는데 그것도 사상이 나쁘다고 못하게 해서 야단이 났었지요. 생활을 할 수가 없으니까. 친구한테 부탁을 해서 경성제국대학 이공학부(경성중앙산업학원) 임시 고원으로 취직이 됐어요. 그때는 남자는 모두 전선戰線에 나가고 대개 여자들이 남아서 일들을 하고 있을 때인데 내가 영어도 하니까 취직이 된 거예요. 아침이면 국민복에 각반을 차고 출근을 하는데, 각반을 차면서 운적도 많았어요.

그러던 중 어느 날 강당에 모이라고 해 갔더니 여자들이 막 울고 있는 거예요. 일본이 망한 걸 제일 먼저 안 사람 중의 하나가 나일 거예요. 천황이 항복 선언을 하더군요. 그렇게 해서 그 일자리나마 없어져 집에 있는데 미군정이 시작되었지요. 그리고 나는 미군 사령부에 취직이 되었어요. 외국에서 공부하고 온 사람들 중에도 영어는 잘 하는데 공문을 쓸 수 있는 사람이 없다는 거예요. 그때 미군사령관이 락 하드란 사람이었는데 시카고 대학의 영문과 교수였어요. 그 사람이 나를 아주 잘 봐서 임시 고원으로 있던 나를 갑자기 고등관으로 만들어놨어요. 그런데 그때 또 전쟁 끝난 후 한 달 만에 개교한 경성대학 예과 부장에게 누가 날 추천해서 취직이 되었던 거예요. 임시 고원에서 고등관이 되었지, 또 교수가 되었지, 그때는 세상이 다 내 것 같더라고요. 그때가 내 인생에서 가장 행복한 시절이었어요. 운이 좋았던 것 같아요. 그 당시 제자들은 옷은 남루할망정 머리들은 아주 비상했지요. 그래서 수업 들어가기 전에 난 혁대를 고쳐 매곤 했어요. 학생들이 무슨 질문을 할지 모르니까요. 지금 생각해도 아주 똑똑한 학생들이었는데, 내 무서움의 대상이었죠.

그러던 중 '국대안 반대 운동'이 격렬하게 일어났어요. 사랑하는 내 제자들이 찬성하는 쪽에도 서 있고, 반대하는 쪽에도 서 있고 참 괴롭더라고요. 그래서 사표를 냈더니 '양심적인 교수, 사표 내다' 이런 식으로 보도되면서 갑자기 내가 좌익으로 여겨지게 됐어요. 난감해하고 있는데 어느 날 장리욱 선생이 찾아와서 "사표는 수리가 안 됐소. 그러니 사범대학으로 오시오" 하시더군요. 그렇게 해서 저는 서울대학교에 남게 되었어요. 학교에서 후학을 가르친 일이 일생의 가장 큰 보람입니다. 그때 돈을 벌 생각이 있었다면 길은 얼마든지 있었어요. 당시 조선은행(現 한국은행)에서 관사도 주고 이사급으로 대우해 주겠다는 제의도 있었지만 입사를 거절했고요.

우암 •○ 선생님은 운이 좋았다고 하시지만, 실력과 인품이 있었기에 가능한 일들이었다고 여겨집니다. 그렇게 오랜 동안 서울대와 인연을 맺으신 덕에 선생님께서는 몇 해 전에 '자랑스러운 서울대인 상'을 받으셨지요. 그때 저는 서울대 총동창회 회장의 자격으로 축사를 했는데, 그때 선생님의 시 '이 순간'을 제 딴에는 멋있게 소리 높여 읊었던 기억이 납니다.
혹시 그 동안의 삶에서 후회하시는 점도 있으신가요?

금아의 서재 책꽂이를 차지하고 있는 사랑하는 이들의 사진

금아 •○ 글쎄 지금은 오히려 잘 된 일인지도 모르겠지만…. 나는 딸아이를 너무 편애했어요. 우리 딸아이가 공부를 잘하니까 경기여고와 이화여고 양쪽에서 모두 보내달라고 했지요. 이화여고 교장이 나하고 친구였는데 무슨 조건이든 다 들어줄 테니 저희 학교로 보내라는 거예요. 그래서 내가 조건을 제시했죠. 학칙상 수업일수의 3분의 2만 출석하면 되니 나머지 3분의 1은 결석을 시키겠다. 그 조건을 들어주면 우리 딸을 보내겠다, 그렇게요.

우암 •○ 왜 그런 조건을 제시하셨나요?

금아 •○ 내가 데리고 공부를 시키려는 생각도 있었고 비가 오거나 몸이 조금만 좋지 않아도 학교에 안 보냈거든요. 과외 공부를 시킨 적도 없고 집에서 내가 가르쳤지요. 결석이 많아 학교 성적은 중간 정도였는데 모의고사를 치르면 그때는 반에서 일등 하는 아이보다 한 바퀴는 앞섰어요. 서울대학교에도 좋은 성적으로 들어갔고요. 대학 졸업 후 딸아이는 미국으로 유학을 가게 되었지요. 학비도 면제되는 좋은 조건인데 떠나기 전날 울면서 가지 않겠다는 거예요. 간신히 달래놓았는데 공항에서 또 어떻게나 울어대던지요. 그런데 며칠 후 미국에 있어야 할 아이가 집으로 돌아온 거예요. 혼자서는 도저히 못 살겠다는 딸아이를 달래 다시 미국으로 보냈는데 한 달 만에 또 왔어요. 그 짓을 세 번이나 했지요. 그때 포기하고 보내지 않았더라면 일생 딸을 가까이 두고 행복하게 살았을 텐데 말이에요.

죽음도 배워야 한다 - 나이 듦에 대하여

우암 ●○ 선생님에게 유머는 산호이고 진주이지요. 귀하디귀한 선
생님 품격의 일부입니다. 인생에서 유머의 기능은 무엇이라고 생
각하시는지요?

금아 ●○ 유머는 인생을 향상시키고 인생을 풍요롭게 하지요. 유머
는 위트처럼 날카롭지 않고 풍자처럼 잔인하지 않아서 따스한 웃
음을 짓게 합니다. 요즘 사람들은 긴장, 초조, 냉혹함 등으로 불안
해하는 경우가 많은데, 유머가 있다면 인생은 따뜻해집니다. 유머
를 가진 사람은 너그럽지만 유머가 없는 사람은 빡빡하고요. 유머

가 풍부한 작품들을 접하면서 우리는 웃을 수 있는 동시에 '센스 오브 유머'를 터득할 수 있어요. 좀더 밝은 생활을 할 수 있는 것이지요.

우암 ●○ 그렇군요, 선생님. 제가 생각하는 유머의 걸작은 사형수가 집행자에게 한 말입니다.

"나의 목에 손대지 마세요. 나는 간지럼을 많이 타기 때문에 목에 손을 대면 웃음이 나와서요." 또 하나를 들자면, 신부님이 사형수에게 "당신은 오늘 저녁 주님과 만찬을 같이할 것입니다"라고 말하자 "신부님 먼저 가시죠. 나는 지금 단식중입니다"라고 대꾸했다는 일화입니다. 대단한 유머 아닙니까?

금아 ●○ 정말 멋진 유머군요. 내가 아는 유머의 걸작은 이런 거예요. 어느 양반집 종의 아들아이가 엽전 하나를 삼켜서 아주 야단법석이 났어요. 그때 어떤 사람이 그 집 앞을 지나가다가 그 광경을 보고 뭐라 그러는고 하니 "얘, 너희 대감님은 몇 만 냥을 먹어도 끄떡없는데 엽전 한 닢 먹었다고 큰일 나겠니"했대요. 이게 대단한 풍자거든요. 아이에 대한 따뜻한 마음, 인간미도 엿보이고

금아의 책상 위는 이야깃거리와 아름다운 추억들로 가득하다.

요. 유머란 단지 웃음거리가 아니라 좀더 차원 높은 경지의 것입니다.

우암 ●○ 프랑스의 사상가 몽테뉴의 이야기도 재미있습니다. 그는 이런 말을 했답니다.

"정다운 식탁에는 현명한 사람보다는 재미있는 사람을, 잠자리에서는 훌륭한 여인보다는 아름다운 여인을, 토론할 때는 다소 정직하지 않더라도 유능한 사람을……."

저는 친구나 우정을 '영혼의 교감이 이루어진 사이'로 정의할 수 있다고 생각합니다. 주요한 선생님이 어느 글에 저를 당신의 친구라고 쓰신 일이 있는데, 송구스러워 몸 둘 바를 모를 정도였지요. 그때 선생님께서 하신 말씀이 바로 그것이었지요.

"친구라는 사람은 많지만, 떨어지면 그립고 꿈에도 보이는 그런 친구는 얼마 없어. 영혼의 교감이 있는 사이가 참다운 친구로, 연령과는 관계가 없지."

금아 ●○ 친구는 자신의 일부분이에요. 친구를 잃어버리는 것은 나의 일부를 잃어버리는 것입니다. 늙어가면서 친구가 하나 둘 세상을 떠날 때면 그렇게 슬플 수가 없어요. 내가 사랑하는 친구들은 대개 글을 좋아하고 문장이 좋은 그런 친구들인데 일반적으로 가난했지요. 그럴 수밖에 없는 게 좋은 글이란 가난 속에서 나오거든요. 난 그렇게 생각해요. 남보다 더 물질적 향락을 누리며 산 사람들은 고생하면서 산 사람들의 내면을 잘 알 수가 없어요.

우암 ●○ 남들이 저에게 재산이 얼마냐고 물을 때면 저는 이렇게 대답하곤 합니다.
"저의 재산은 친구입니다. 그리고 넓은 의미의 친구라고 할 수 있는 동서고금의 책, 책 속의 인물들, 그리고 변변치 않지만 나만의 내면 세계, 이것이 나의 전 재산입니다."
그런데 그 친구가 하나 둘 사라져갑니다. 그리운 마음 억제하기 어려울 때가 많습니다. 이즈음 젊은이들, 특히 젊은 여성들로부터 "아직 젊으시네요!"하는 말을 자주 듣는데 그 말은 벌써 이미 젊지는 않다는 뜻 아니겠습니까. 오스카 와일드는 "노년의 비극은 그가 늙었다는 데 있는 것이 아니라 아직도 젊다고 생각하는 데 있다"고 했는데 노년이 청년의 흉내를 내려는 것을 노추라고 할런지요.

금아 ●○ 늙으면 아무리 똑똑하던 사람도 허수아비가 된다는 말이 있습니다. 하지만 늙는다는 것도 생각하기에 따라서 그렇게 나쁜 것만은 아니죠. 사람이 오래 산다는 건 과거의 좋은 기억과 인연을 많이 가졌다는 뜻이기도 해요. 그런 것들은 우리 머릿속에 다 저장되어 있다가 어느 순간 되살아나거든요.

나이가 든다는 건 젊은 날의 방황과 욕망, 분노, 초조감 같은 것들이 지그시 가라앉고 안정된다는 의미이지요. 인생을 관조하고 지난 날을 회상할 수 있는 기쁨을 누릴 수도 있고요. 늙음이란 물론 젊음만은 못하겠지만, 잘 늙는 경지에 이르면 노년도 아름다울 수 있고 또 어느 순간 죽음이 닥쳐와도 두렵지 않겠지요.

우암 ●○ 선생님, 사람의 생애를 판단할 때는 역시 그분의 최후가 어떠했는가가 중요한 것 같습니다. 인생이라는 경주의 결승점은 역시 죽음, 어떻게 죽는가 하는 것이겠지요.

도산 정신의 핵심은 '진실'이라고 말할 수 있으며 도산은 또한 용기를 중히 여겼습니다. 죽음이 닥치더라도 자신을 잃지 않는 용기죠. 가장 용감한 자는 때로 불운할 때가 있고, 그러기에 승리 못지않은 영광스런 패배도 있습니다. 도산은 일제의 권력 앞에 목숨을 잃었지만 그분의 정신은 우리 민족의 생존과 더불어 영원히 살아 있습니다. 이것이 영광이 아니고 무엇이겠습니까.

선생님! 대체로 우리 한국인은 다른 민족에 비해 사생관死生觀이 약한 것은 아닐런지요. 혹시 유교 성리학의 영향이라고 하면 저의 천학淺學 탓인가요. 공자는 죽음을 말하려 하지 않았지요. 그러나 사람이 죽을 때 하는 말은 선하다는 이야기는 하셨지요.

금아 ●○ 아마 그럴 거예요. 우리 민족이 사생관이 약한 건 아무래도 유교를 곧이 곧대로만 받아들였기 때문일 거예요. 유교에서는 모든 걸 순리로 따지지요. 지천명이란 것도 그렇고 자연에 순응한다, 복종한다 그런 생각도 다 순리를 따른다는 것이죠. 우리나라 사람들은 생에 대한 집착이 강한 것 같아요. 그래서 죽음에 대한 생각을 잘 못하는 것 아닐까요.

우암 ●○ 키케로는 "철학을 공부한다는 것, 그것은 곧 죽음을 배우는 일이다"라고 했는데요, 죽음을 두려워하지 않는 것이야말로 모든 철학의 종착지가 아닐까 합니다. 현대 과학은, 유전자는 죽지 않는다고 말합니다. 개체의 생명은 죽어 없어져도 유전자는 자손

대대로 이어진다는 것인데, 죽음을 두려워하지 않는 참다운 용기의 유전자를 물려주는 조상이 되고 싶군요.

금아 ●○ 만년의 아인슈타인은 죽음에 대해 어떻게 생각하느냐는 질문에 "더 이상 모차르트를 들을 수 없는 것"이라고 답했지요. 나도 그의 말에 전적으로 동감합니다. 죽음을 두려워하지 않으려면 죽음을 배워야 하겠지요.

우암 ●○ 선생님, 오늘 좋은 말씀 감사합니다. 오랜 시간 동안 피곤하지는 않으셨는지요?

금아 ●○ 저에게도 참 뜻 깊은 자리였습니다. 저로서는 〈샘터〉와도 그렇고, 우암과도 크고도 아름다운 인연을 맺어왔다는 생각이 듭니다. 오랜만에 나눈 정담에 시간 가는 줄 몰랐습니다. 감사합니다.

여기 실린 내용은 월간 『샘터』 지령 400호 기념으로 2003년 4월 서울 성북동 길상사에서 가졌던 대담을 채록한 것입니다. 유난히 화창한 봄날, 이 대담의 자리에는 앞마당의 매화나무에서 얻은 꽃잎을 띄운 매화차가 대접되었고, 모처럼 자리를 함께 한 법정 스님과 최인호 씨의 대화는 매화차만큼이나 품격이 깊고 향기로웠습니다.

법정

강원도 산골 작은 오두막에서 청빈과 무소유를 실천하고 있는 스님은, 자연이 주는 가르침을 곧고 정갈한 글을 통해 세상에 나눠주고 있습니다. 스님의 향기가 배어 있는 작품으로 〈서 있는 사람들〉 〈물소리 바람소리〉 〈산방한담〉 〈산에도 꽃이 피네〉 등이 있습니다.

최인호

이 시대 독자들의 사랑을 가장 많이 받고 있는 소설가 중 한 사람입니다. 1963년 고등학교 3학년 때 『한국일보』 신춘문예에 당선되어 문단에 나왔고 연세대학교 영문학과를 졸업하였습니다. '깊고 푸른 밤'으로 이상문학상을 수상했으며, 작품집으로는 〈고래 사냥〉 〈별들의 고향〉 〈길 없는 길〉 〈가족〉 〈상도〉 등이 있습니다.

제2부

산다는 것은 나누는 것입니다

기쁨은 내 안에 있는 것 - 행복에 대하여

최인호 ●○ 스님, 오랜만에 뵙습니다. 그간 평안하셨습니까? 얼마 전 스님에 관련된 텔레비전 프로그램을 보니까 천식으로 고생하신다 해서 가슴이 아팠는데, 요즘은 좀 어떠신가요?

법정 ●○ 네, 최 선생. 오랜만에 뵈니 반갑습니다. 아직도 새벽이면 기침이 나오는데 전보다는 많이 가벼워졌어요. 나는 몸의 다른 부분은 건강하고 아무 탈이 없는데 감기에 잘 걸리고 호흡기가 약해요. 기침이 나오면 자다가도 깨어서 앉아야 하는데, 그때는 낮에 참선하고 경전을 읽는 시간보다 오히려 정신이 아주 맑고 투명해집니다. 그래서 기침 덕에 이런 시간을 갖게 되는구나 생각하며 오히려 감사할 때가 있습니다.

또 얼마 전부터는 기침 때문에 깼을 때 차를 마시고 있는데 새벽녘에 가볍게 마시는 차 한 잔이 별미더군요. 나 사는 곳은 전기가 들어오지 않아 촛불을 켜는데 그 불빛을 사발로 가려놓고 은은한 빛 속에서 향기로운 차를 마십니다. 최 선생도 글쓰기 전에 그렇게 마음을 정리하는 시간을 더러 가져보세요. 촛불 켜놓고 편한 자세로 아무 생각 없이 기대앉아 있으면 아주 좋아요. 텅 빈 상태에서 어떤 메아리가 울려오기 시작합니다.

내가 사는 곳은 지대가 높은 곳이라 최근에야 얼음이 풀렸는데, 새벽녘 시냇물 소리에 귀를 기울이고 있으면 맑고 투명한 이 자리가 바로 정토淨土요 별천지구나 싶어 고맙다는 생각도 듭니다. 기침 덕에 좋은 경험을 하고 있는 것이지요.

이렇게 행복이란 밖에 있는 게 아니라 내 안에 늘 있습니다. 내가 직면한 상황을 어떻게 받아들이느냐에 따라서 고통이 될 수도 있고 행복이 될 수도 있겠구나 하는 생각이 들었습니다. 전에는 기침이 나오면 짜증이 나고 심할 땐 진땀까지 흘렸지요. 어떻게 이 병을 떼어낼까만 생각했는데, 지금은 모처럼 나를 찾아온 친구를

"행복이란 밖에 있는 게 아니라 내 안에 늘 있습니다. 내가 직면한 상황을 어떻게 받아들이냐에 따라서 고통이 될 수도 행복이 될 수도 있는 것이지요."

살살 달래고 있습니다. 함께해야 하는 인연이니까요. 기침이 아니면 누가 나를 새벽에 이렇게 깨워주겠느냐 생각하니 그것도 괜찮아요. 다 생각하기에 달려 있지요.

최인호 ●○ 저도 한 10년 전부터 당뇨를 앓고 있는데요. 처음에는 당황도 되었지만 '이 기회에 청계산에나 다니자' 해서 지금은 거의 10년째 매일 산에 오르고 있습니다. 당뇨가 없었더라면 산에 안 다녔겠지요. 석 달에 한 번씩 병원에 가는데 의사가 "당뇨 때문에 남들보다 더 오래 사시겠습니다" 하더군요.

처음에는 일주일에 한 번 정도 가야지 생각했는데 직장에 구애 받는 사람도 아닌데 매일이면 어떤가 해서 매일 가게 되었죠. 그렇게 다니기 시작한 것이 벌써 10년이네요. 신문에 연재 소설을 쓸 때 "1천 회 연재라니 대체 그걸 어떻게 쓰십니까?"라고 묻는 사람들이 있었지요. 하지만 처음부터 1천 회를 쓰는 게 아니지요. 1천 회를 생각하면 숨 막혀서 못 써요. 침착하게 1회 1회 쓰다 보면 1천 회가 되는 거지요. 1회 쓸 때는 1회만 생각하고, 2회를 쓸 때는 2회만 생각하고요.

청계산도 그런 식으로 다녔습니다. 지금은 자연스러운 습관이 되어버렸는데, 비가 오나 눈이 오나 그냥 아무 생각 없이 산에 갑니다. 어떤 뚜렷한 목적이 있다면 10년이나 못 다녔죠. 심장 박동이 빨라지며 격렬하게 호흡하고 땀을 흘리는 것, 저는 그걸 정말 좋아해요. 아침 일곱 시 반에 집을 나가 여덟 시쯤 산에 오르기 시작해서 한 시간 15분 가량 등산을 하는데 이제는 소문이 나서 알아보고 인사를 건네는 분도 많아요.

눈 올 때 청계산에 가 보면 설악산이 따로 없어요. 스님 말씀대로 모든 게 생각하기 나름이에요. 30분만 달려가면 설악산 못잖은 멋진 산이 있으니 얼마나 좋은지요. 나는 청계산 주지다, 청계산은 내 산이다 생각하며 산을 오르는데 참 행복합니다. 행복이란 받아들이기 나름이란 스님 말씀에 전적으로 동의합니다.

법정 ●○ 그렇습니다. 행복이란 어디 먼 곳에 있는 게 아니지요. 우리에겐 원래 행복할 수 있는 여러 조건이 있고, 상황을 어떻게 받아들이느냐에 따라서 그것은 고마운 일이 될 수도 있고 불만스러운 일이 될 수도 있습니다. 소욕지족少欲知足, 작은 것을 갖고도 고마워하고 만족할 줄 알면, 행복을 보는 눈이 열리겠지요. 일상적이고 지극히 사소한 일에 행복의 씨앗이 들어 있다고 생각됩니다.

최인호 ●○ 행복의 기준이나 삶의 가치관도 세월에 따라 변하는 것
같습니다. 저도 젊었을 때는 남보다 많이 성취하거나 소유할 때
행복이 오는 줄 알았는데 가톨릭 신자로 살다 보니 그런 것만도
아니더라고요. 예수 그리스도는 마음이 가난한 자는 복이 있다,
슬퍼하는 사람은 행복하다, 이런 말씀을 하셨는데 처음 들었을 때
는 대체 무슨 얘긴가 했어요. 지금은 '마음이 가난한 자는 행복하
다'라는 말을 참 좋아합니다. 가난 자체가 행복한 것은 아니죠. 사
실 빈곤과 궁핍은 불행이잖습니까. 마음이 가난하다는 말은, 행복
이란 마음에서 비롯된다는 의미인 것 같습니다. 같은 온도에도 추
워 죽겠다고 생각하는 사람이 있는 반면 정신이 번쩍 들도록 서늘
하다고 느끼는 사람이 있으니까요. 모든 것은 마음에서 나오지만
특히 행복은 전적으로 마음속에 있는 것 같습니다.

작고 단순한 것에 행복이 있다는 진리를 요즘 절실하게 느끼고 있
습니다. 피천득 선생님의 글에 '별은 한낮에도 떠 있지만 강렬한
햇빛 때문에 보이지 않을 뿐'이라는 내용이 있지요. 밤이 되어야
별은 빛나듯이 물질에 대한 욕망 같은 것이 모두 사라졌을 때에야
비로소 행복이 찾아오는 것 같아요. 누구나 행복해지고 싶어 하면
서도, 요즘 사람들은 행복이 아니라 즐거움을 찾고 있어요. 행복

과 쾌락은 전혀 다른 종류인데 착각을 하고 있지요. 진짜 행복은 가난한 마음에서 출발하는 것 같습니다.

법정 ●○ 그래요. 행복은 자연에서만도 얼마든지 찾을 수 있지요. 봄날 새로 피는 꽃을 바라보고 있으면 아무 잡념 없이 '아, 아름답구나, 고맙다'는 생각만 듭니다. 개울 물 길어다 차를 끓여 마실 때도 그렇습니다. 차만 마시는 게 아니라 다기를 매만지는 즐거움도 함께 누리는데, 다기를 매만지고 있노라면 화두고 뭐고 내가 중이라는 생각조차 없어요. 그저 지극히 자연스러울 뿐이고 무엇엔가 감사하고 싶은 마음, 잔잔한 기쁨이 솔솔 우러납니다. 굳이 표현하자면 행복이라 할 수 있을 테지요.

매화가 필 때면, 어떤 중국 사람은 매화 밭에 이부자리를 갖고 가서 며칠씩 먹고 자며 꽃구경을 한답니다. 연꽃이 필 때는 연못가에서 며칠씩 머물고요. 우리야 차 타고 가서 휘이 둘러보고 매화 봤다고 하지만 중국 사람들은 좀 다르다더군요. 임어당의 〈생활의 발견〉에 나오는 얘기입니다. 참 멋쟁이들이죠. 하찮은 꽃구경 같지만, 그처럼 우리 주위엔 기쁜 일이 얼마나 많은지요. 나 혼자 '아, 좋다, 좋다' 소리를 가끔 하는데 행복이라고 표현하기도 쑥스럽습니다.

최인호 ●○ 작은 것에서 아름다움을 보는 눈, 그런 눈이 보통 사람에게는 없어요. 그 눈을 어떻게 떠야 하지요? 대개는 심 봉사처럼 공양미 3백 석이 있어야 눈을 뜬다고 생각하거든요. 그냥 뜨면 되는데.

법정 ●○ 안목은 사물을 보는 시선일 텐데 그것은 무엇엔가 순수하게 집중하고 몰입하는 과정을 통해서 갖추게 될 것입니다. 똑같은 사물을 보더라도 어떤 이는 가격이 얼마라는 식으로 보고 또 어떤 사람은 아름다움의 가치로 보지요. 이는 똑같은 눈을 가졌으면서도 안목에 차이가 있기 때문 아닐까요.

봉순아, 그 자리에 가만 있거라 - 사랑에 대하여

법정 ●○ 내가 최근에 한 경험 하나 얘기할까요? 얼마 전 단발머리 소녀의 그림을 하나 얻어서 오두막 한쪽 벽에 걸어놓았는데, 오두막 분위기를 완전히 다르게 만들더라고요. 마음이 아주 정결해지고, 풋풋해지고, 따뜻해지는 게 느껴졌습니다. 그림 속 소녀의 이름을 '봉순'이라 짓고 가끔 "봉순아!" 부르며 혼자 두런두런 얘기도 하고 그럽니다. 처음에는 응답이 없더니 한 2,3일 지나니까 메아리가 있어요. 표정이 달라지는 게 보이더라고요. 그래서 이런 생각을 해봤어요. 만약 저 봉순이가 액자에서 나와 차 시중도 들고 청소도 거들고 하면 어떨까, 하고 말이지요. 그런데 답은 '아니다' 였어요. 만약 그런다면 내 풋풋한 마음이 사라지고 오히려 그 아이가 부담스러워질 것 같아서요. 그래서 "얘, 봉순아, 그 자리에 가만 있거라. 네가 그 자리에 가만히 있는 것만으로도 나한테 충분한 가치가 있으니 말이다. 나는 너에게 더 바랄 것이 없다"라고 얘기했습니다. 나 사는 곳에 진달래가 피면 한 아름 꺾어다 봉순이 품에 안겨줄 생각입니다.

최인호 ●○ 스님은 그림 속의 봉순이를 보시지만 우리는 늘 살아서 앙탈 부리고, 질투하고, 요구하는 봉순이와 살고 있잖아요. 서로 가 살아 있는 업인데 대체 어떻게 사랑을 해야 합니까?

법정 ●○ 사랑이라는 건 내 마음이 따뜻해지고 풋풋해지고 더 자비 스러워지고 저 아이가 좋아할 게 무엇인가 생각하는 것이지요. 사 람이든 물건이든 바라보는 것만으로도 충분한데 소유하려고 하기 때문에 고통이 따르는 겁니다.

누구나 자기 집에 도자기 한두 점 놓아두고 싶고 좋은 그림 걸어 두고 싶은 건 인지상정이지만, 일주일 정도 지나면 거기 그림이 있는지도 잊어버리게 됩니다. 소유란 그런 거예요. 손 안에 넣는 순간 흥미가 없어져 버리는 것이지요. 하지만 단지 바라보는 것은 아무 부담 없이 보면서 오래도록 즐길 수 있습니다. 내가 가진 것은 없지만 박물관에 가서 좋은 그림들을 보고 나면 기분이 참 좋아져요. 시시한 사람 몇 명 만난 것보다 훨씬 기분이 좋아요. 그런데 만일 그것들이 내 소유였다면 잘 보관하고 도둑맞지 않게 간수하느라고 그렇게 바라볼 여유가 없을 거예요. 거기 그렇게 있기 때문에 나는 필요할 때 눈만 가지고 가서 보고 즐기면 되는 겁니다. 그런 낙천적인 태도를 가져야 하지 않을까요. 보는 눈만 있으면 자기 것을 가지려고 애쓰는 것보다 훨씬 여유 있게 그 사물의 본질을 파악할 수 있어요. 소유하려 들면 텅 빈 마음으로 바라볼 수 있는 마음의 여유가 사라집니다. 소유로부터 자유로워야 해요. 사랑도, 대인 관계도 마찬가지 아닐까요?

최인호 ●○ 며칠 전 텔레비전의 가요 프로그램을 보니 열이면 열 모두 사랑 노래더군요.

법정 ●○ 그렇지요. 사랑도 아니고 '싸랑' 어쩌고 하는…….

"사람들은 사랑과 성을 제대로 구별하지 못하는 것 같아요. 구태의연한 소리인지는 몰라도 사랑도 정절이라는 원형에 충실했으면 좋겠습니다."

최인호 ●○ 노래 가사도 예전과는 무척 많이 달라졌어요. '네가 날 버려? 나도 널 잊어버릴 거야' 같은 내용들이더라고요. 완전히 분위기가 달라졌어요. 사랑을 갈구하는 것은 같은데 뭔가 왜곡된 느낌이에요.

법정 ●○ 그것이 무슨 사랑입니까. 그러니까 결혼한 지 얼마 안 돼서 도로 무른다고 그렇게 수고들을 하지요. 그런 것은 사랑이 아닐 것입니다. 이기적인 흥정이지요. 사랑은 따뜻한 나눔이고 보살핌이고 관심이지요. 더 못 줘서 안타깝고 그런 것이 사랑인데 말이지요.

사랑이 아닌 사랑 노래들을 부르는 것도, 듣고 열심히 박수를 치는 것도 문제입니다. 대중문화는 기본적인 양식, 만인이 즐기고 따를 수 있는 보편적인 양식을 갖춰야 하는데 만드는 사람들에게 그런 양식이 없어요. 오직 시청률을 높이기 위한, 독자를 많이 확보하기 위한 것이라면 그건 문화도 아닙니다.

최인호 ●○ 문제는 이기적인 흥정이 사랑이라는, 왜곡된 가치관이 자꾸만 팽배해지는 것 아니겠습니까?

법정 ●○ 감정이 어떻게 기브 앤 테이크, 얼마 줬으니 얼마 받아야한다는 식이 될 수 있겠어요. 자식에 대한 어머니의 따뜻한 정이야말로 순수한 사랑일 것입니다. 어머니와 자식의 관계란 탯줄로이어져 있던 것이기 때문에 어떤 상황에서도 끊어질 수가 없어요.그래서 우리는 죽음의 마지막 순간에도 어머니 애길 하고, 또 아무리 흉악범이라 해도 어머니 앞에서는 눈물을 흘리지요. 어머니앞에서는 그만큼 순수해지는 것이지요. 어머니는 생명의 근원이니까요.

최인호 ●○ 그리스 철학에서는 원래 하나였던 암수가 떨어졌기 때문에 서로를 그리워한다고 했습니다. 그리워한다는 감정처럼 아름다운 게 또 있을까요? 옛날에 아내하고 연애할 때, 헤어지는 그순간부터 보고 싶어지던 감정은 도대체 무엇이었을까요? 전 요즘젊은이들의 왜곡된 사랑이 참 안됐어요. 누가 청춘이 아름답다고얘기하면 저는 "아니다, 잔혹하다"라고 말합니다. 왜곡된 가치관, 컴퓨터, 음란 영화, 성의 타락…. 우리의 아이들은 왜곡된 사랑의 기총소사를 맞고 있어요. 세월이 흘러도 원형은 역시 원형이지요. 사랑의 원형, 아름다움은 '정절'에 있다고 생각해요.

제가 며칠 전 어떤 젊은 친구를 만났는데 "저는 결혼한 후로 아내 이외의 여자와는 손도 잡아본 적이 없습니다"라고 말하더군요. 자랑이 아니라 부끄러워하며 그런 얘기를 하는 거예요. 그래서 제가 그랬죠.

"네가 참 좋다. 난 너의 아름다움에 대해서 경의를 표한다."

그 친구의 얼굴을 보면서 '네가 참 아름다운 놈이로구나' 생각했습니다.

요즘 사람들은 사랑과 성을 제대로 구별하지 못하는 것 같아요. 오래 전 명동인가에서 젊은이 둘이 커피를 마시고 있는 장면을 보게 되었는데, 서로의 눈을 깊이 바라보고 있더라고요. 서로의 우주를 바라보는 듯, 서로에게 빠져들고 있는 그 모습이 참 아름답다고 느껴졌습니다. 이런 게 사랑의 원형이라고 생각합니다. 소중하고 거룩하며 신성하고 아름다운 사랑의 본질을 잃어버리지 않았으면 합니다.

디즈렐리라고 영국의 유명한 정치가가 있지요. 그의 아내가 나이도 많고 좀 무식했답니다. 그래서 일화도 많은데요. 어느 모임에서 걸리버에 관한 얘기가 나오자 "그렇게 재미있는 사람이라면 우리 모임에 초청하자"고 했을 정도였답니다. 하지만 디즈렐리는 왜 그런 사람하고 결혼했느냐는 주위의 물음에 이렇게 대답했답니다. "지금의 나라면 많은 여자가 관심을 보였겠지만 결혼할 당시의 나는 국회의원 선거에서도 떨어진 초라한 사람이었다. 그때 나를 사랑해 준 사람은 이 여자밖에 없었다." 디즈렐리 부부는 매일 서로의 머리맡에 편지를 써두었다는 얘기로도 유명하지요.

요즘 사랑이 왜곡되는 건 조건을 지나치게 따지기 때문이기도 합니다. 아내와 연애할 때 저는 학생이었고, 우린 같이 있을 수 있다는 것만으로도 행복해서 결혼했거든요. 사실 당연한 이야기인데 요즘엔 고전 취급하며 묻어 버리는 것 같아요.

몇 년 전인가 어느 텔레비전 프로그램을 보는데 아흔 살 된 할아버지하고 여든 살 된 할머니가 나오셨어요. 하도 인상 깊게 봐서 잊혀지지도 않아요. 할아버지가 그러시더라고요. "우리는 지금까지 살아오면서 부부 싸움을 한 번도 안 해 봤다"라고요. 그런데 그말이 거짓이 아님을 알겠더라고요. 할아버지 얼굴을 보니 '아 저분이야말로 성인이구나' 하는 생각이 저절로 들었습니다. 우리 같은 사람이야 어떻게 부부 싸움을 한 번도 안 할 수 있는지 이해가 안 되지요. 왜 그러잖습니까, 부부 싸움을 하면서 정이 들고 서로의 성격도 고쳐진다고요. 그런데 텔레비전에 나온 그 노부부 같은 분들에게는 부부 싸움 없는 삶이 가능하겠더라고요. 할머니는 그 연세에 아직도 할아버지 앞에서 부끄러워하고, 아직도 할아버지를 보는 눈빛에 수줍음이 있었어요. 저 분들은 여전히 신혼이구나, 생각했습니다. 불가능할 것 같지만 아내와 남편이 서로를 존경하고 사랑한다면 싸울 일이 뭐 있겠어요, 가능할 거예요. 참 아름답더군요. 완벽한 자연을 보는 것 같고 부럽기도 했습니다. 그런 분들이 성인이지요.

저는 젊은이들이 그 노부부처럼 열심히 사랑을 했으면 좋겠어요. 왜곡된 사랑은 인생의 큰 상처가 됩니다. 우리 젊은이들의 사랑이 원형에 충실한 사랑이기를 바랍니다.

올코트 프레싱의 격전장 - 가족에 대하여

최인호 ●○ 제 연작 소설의 제목도 '가족'입니다만, 요즘 가족이
문제인 것 같습니다. 스님께선 처자가 없기 때문에 오히려 가족을
객관적으로 바라보실 수 있을 것 같은데요. 요즘 가족이 붕괴되고
그 안에 행복이 없는 것 같아요. 이거 어떡하면 좋겠습니까?

법정 ●○ 나는 실제 가정 생활을 안 해서 잘은 알 수 없지만 인간의
기본적인 관계는 두 가지가 받쳐줘야 한다고 생각합니다. 친구지
간이든 부부지간이든, 인간 관계의 기본은 신의와 예절이지요. 가
족이 해체되고 있는 것은 무엇보다 신의와 예절이 무너졌기 때문

입니다. 가까울수록 예절을 차려야 하는데 서로 무례하고 예절이 생략되어버렸기 때문에 공동체 유대에도 균열이 간 것 아니겠습니까. 그런 것을 느낄 때마다 저는 늘 속으로 '그럼 나는 하루하루를 신의와 예절을 챙기며 살고 있는가?' 이렇게 묻곤 하지요. 그러면 내 행동에 좀더 책임감을 갖게 됩니다.

최인호 ●○ 옳으신 말씀이긴 하지만 이 세상에서 가장 힘든 일이 가족에게 사랑과 신뢰를 받는 일이라고 생각합니다. 제가 밖에서는 소설가로 유명할지 몰라도 자식들에게 존경받는다는 건 정말 어려운 일이거든요. 가정이야말로 숨기려 해도 숨길 수 없이 모든 행위가 백일하에 드러나는 곳이니까요.

하지만 가정이야말로 신이 주신 축복의 성소라고 봅니다. 가정이 바로 교회요, 수도원이고 사찰입니다. 그러나 문제는 이렇듯 가정이 매우 중요하다는 사실을 알면서도 어떻게 서로 사랑해야 하는지 그 방법을 모른다는 거예요. 자식을 사랑하지 않는 부모가 어디 있겠습니까? 그러나 그 방법이 옳지 않은 경우가 많습니다. 제 경우도 자식은 강하게 키워야 된다는 생각으로, 아이가 잘못을 저지르면 발가벗겨 한데로 내쫓는 식이었어요. 전 그것이 사랑인 줄 알았거든요. 사랑의 방법을 몰랐던 것이지요.

가정 폭력에는 구타뿐 아니라 무폭력의 폭력, 즉 언어의 폭력이라든지 권위의 폭력도 포함됩니다. 물리적 폭력보다 더 무서운 것이지요. 가정 안에서 이런 폭력들은 상상할 수 없을 정도로 빈번하게 일어납니다. 겉으로는 매우 평화롭게 보이는 가정, 그 안에서 일어나고 있는 비명 없는 폭력들이 더 무서운 이유는 그것이 사랑이라는 미명 아래 은폐되기 때문입니다. 때리지 않는다 하더라도 부모는 자식을 억압하고 독재하고, 서로 불신하고 거짓말이 난무하고……. 그런 가정 생활을 한다면 참 억울한 인생을 사는 겁니다. 어디서 와 어디로 가는지 모르는 우리 인생에서 신이 주신 자기 아내와 자식은 얼마나 신비한 존재인가요. 이 신비한 존재를 느끼지 못한다면 참으로 억울하지 않겠습니까?

가정은 스위트홈이 아니라 수많은 상처가 드러나고 치유되는 '올코트프레싱allcourt pressing'의 격전장입니다. 오히려 너무 조용한 집은 병들어 있는 가정이라고 저는 생각합니다. 억압에 의해 그런 분위기가 형성되었을 가능성이 크거든요. 가정이 어떻게 도서관이 될 수 있겠습니까? 가정은 또한 휴게실도 아니에요. 직장에서 귀가한 남편이 "집까지 왜 이렇게 시끄러워?"하고 화를 낸다면 그는 휴게실로 가는 편이 나을 겁니다. 짐승들이 서로의 상처를 핥아주듯이, 가정은 서로의 온갖 상처와 불만을 치유해주는 곳이 되어야 합니다.

우리가 허구헌 날 언론의 자유를 보장하라고 외치지만 과연 내 집에는 언론의 자유가 있는가, 내가 상대방이 듣기 좋은 말만 하고 있는 것은 아닌가, 진지하게 생각해 봐야 합니다. 서로 할 말은 해야 하고, 또 상대방의 말을 끝까지 귀담아 들으려고 노력하는 곳이 가정이어야 합니다. 그런데 대개는 반대로 가고 있지요. 밖에서도 충분히 피곤했으니 집에서는 복잡한 얘기 하지 말라고 그럽니다. 그러면 가정은 모든 것이 유예된 공간이 되어버리고 말지요.

법정 ●○ 가족은 자식이 되었건 남편이 되었건 정말 몇 생의 인연으로 금생에 다시 만난 사이입니다. 만남 자체로도 고마운 일이지요. 하지만 살다 보면 갈등이 있을 수 있지요. 자기 자신도 싫어질 때가 있는데요. 그럴 때 우리가 몇 생 만에 이렇게 만났는데 금생에 잘해야 내생에 또 좋은 낯으로 만나지 하고 생각해 봐야 됩니다. 좋은 인연으로 만나는 가정이 행복한 가정인데 전생에 한이 맺힌 채 만나 가족을 이루는 경우가 더러 있어요. 멀리 떨어져 있으면 과거를 청산할 수 없으니까 바로 그 집 가족이 되는 것이지요. 하지만 좋지 않은 인연으로 만났다 하더라도 한쪽이 마음을 돌이키면 다 해소될 수 있습니다.

결혼하는 사람들에게 내가 꼭 해주는 얘기가 있습니다.

"너희가 지금은 죽고 못 살 만큼 서로 좋아하지만 속상하면 못할 소리가 없다. 아무리 속상해도 막말은 하지 마라. 막말을 하게 되면 상처를 입히고 관계에 금이 간다. 자기가 말한 것에 대해 언젠가는 책임을 져야 하니 어떤 일이 있어도 막말은 하지 마라."

관계의 균열이란 사소한 일, 무례한 말 같은 것에서부터 생기게 마련이거든요.

최인호 ●○ 가족은 여러 생의 인연으로 금생에 다시 만난 것이라는 말씀 정말 공감이 갑니다. 내가 선택해 한 여인과 사랑하고 그와 결혼해 한평생을 살지만 저는 아내라는 사람의 진면목을 알지 못합니다. 칼릴 지브란이 말했던가요? '우리의 아이들은 어디서 왔는가, 어디서 왔는지는 모르지만 내 것이 아니다'라고요. 저는 우리 집이, 신이 주신 생의 꽃밭에서 내가 누구인가, 나를 '여보'라고 부르는 아내는 누구인가, 나를 '아버지'라고 부르는 아이들은 과연 무엇인가, 그들 속에 어떤 신성이 자리 잡고 있는가를 생각하게 하는 가정이기를 바래요.

가정은 우리 최후의 보루입니다. 가족은 우리가 소홀히 할 수 없는, 끝까지 지키지 않으면 너무 억울한, 우리 생의 궁극적인 목표라고 생각합니다. 자기 자식도 사랑하지 못하는 사람이 절에 가서 불공드리고 교회 가서 기도하고 불우 이웃 좀 돕는다고 무슨 소용이 있겠어요. 오히려 집에서 왜곡된 사랑에 상처 받는 아이들을 어루만져 주는 게 더 중요하지요.

법정 ●○ 최 선생 따님 다혜는 미국에서 잘 살고 있나요?

최인호 ●○ 네, 딸아이는 지금 손녀와 같이 서울에 와 있어요. 손녀를 통해서 참 많은 것을 배우고 있지요. 예수 그리스도는 "너희가 어린아이처럼 되어야 천국에 들어갈 수 있다"고 했고, 불교에서도 '천진불天眞佛'이라는 말이 있지 않습니까? 혜월 스님도 동자승에게서 천진天眞을 배웠다 했고요. 전에는 무슨 뜻인지 알 것 같으면서도 몰랐는데 이젠 확실히 알겠습니다. 아이가 아이가 아니더라고요. 아주 신비합니다.

법정 ●○ 영혼에는 나이가 없으니까요. 단지 육신을 가지고 나온 시간이 얼마 안 되었을 뿐 몇 번의 생을 겪고 나온 것이잖습니까. 그래서 우리가 생각지도 못했던 말이라든가, 배울 새도 없었을 말들이 마구 쏟아져 나오지요. 어린이는 어른의 아버지라는 말이 그 소리입니다. 육신의 나이로 아이를 생각해서는 안 되지요. 나의 소유물이 아니라 대등한 인격체로 대해야 하는 것도 같은 이유에서입니다.

최인호 ●○ 그러니 아이한테 상처를 주는 일은 정말이지 범죄 행위 같아요.

법정 ●○ 그렇습니다. 전생에 축적된 찌꺼기는 있어도 금생에서는 아직 깨끗하니까 보고 듣는 모든 것이 그대로 각인되는 것이지요. 그러니 아이에게 상처를 주는 것은 죄가 된다는 말이 맞습니다.

최인호 ●○ 그 아이에게 무슨 편견이나 고정 관념이 있겠습니까. 어쩌다 귀찮아서 소홀히 대하면 바로 느끼고 아이가 반격을 해옵니다.

법정 ●○ 그것이 바로 선지식이지요. 그만큼 때 묻지 않고 순수하다는 말입니다. 그런 면은 아이에게서 어른이 배워야 할 점이지요.

난 나이고 싶다 - 자아에 대하여

최인호 ●○ 스님의 책 〈버리고 떠나기〉에는 '난 무엇이 되고 싶지 않고, 난 나이고 싶다' 라는 구절이 나오지요. 저는 그 말을 참 좋아하는데 요즘엔 그렇게 되기가 더 어려운 것 같습니다.

법정 ●○ 누구도 닮고 싶지 않고 나다운 내가 되고 싶다는 것, 본질적인 나를 펼쳐 보이고 싶다는 그 생각은 여전히 변치 않습니다. 내 인생관이라면 인생관이라 할 수도 있는데, 어디에도 의존하지 않는 나다운 인간이 되고 싶다는 것이지요.

최인호 ●○ 언젠가 법련사에서 열린 다회에서 스님을 뵌 적이 있지요. 그때 스님께서 제가 나오는데 바깥까지 배웅해주셔서 무척 인상적이었어요. 오늘 뵈니 스님이 굉장히 부드러워지셨다는 느낌이 들었습니다. 전에는 서슬이 퍼렇다고 생각했는데…. 사실은 그런 느낌도 좋았어요.

법정 ●○ 전에는 괴팍 떨고 남한테 너무 인정사정없이 대했는데 이젠 반성을 많이 해요. 불일암 초기까지도 사람들이 나보고 시퍼런 억새풀 같아서 가까이 오면 벨 것 같다고 하기도 했지요. 연륜 탓도 있겠지만 인도에 한 번 다녀오고 나서 많이 달라진 것 같습니다. 인도에서 어려운 여건 속에 사는 사람들을 보고 또 그 곁에서 지내면서, 내가 갖고 있는 기준이 아니라 상대방의 입장에서 돌이켜 생각해 보는 사고방식을 갖게 되었지요. 여러 가지로 부끄럽고, 내가 지금까지 말로만 수행자였지 진짜 수행을 못했구나 하고 느끼게 되었어요.

여전히 내게는 버려야 할 것이 많습니다. 자기중심적인 사고, 남을 배려하지 않는 이기적인 행동이 내게서 제일 먼저 버려야 할 부분입니다. 소중히 지녀야 할 부분도 있기는 합니다. 투명하고 평온한 마음 같은 것이지요.

선방에는 늘 차향기가 가득하다

최인호 ●○ 저는 가장 먼저 버려야 할 것은 나 자신이며 소중히 지녀야 할 것도 나 자신이라고 생각합니다. 내 소유, 내 편견, 내 지식, 내 위선…. 진짜 내가 아니라 나로 위장된, 본체가 아닌 나를 버려야 하지요. 예수가 말씀하셨듯, 그런 나를 미워하지 않으면 안 되는데 우리는 대부분 가짜의 나조차 사랑을 해요. 제일 먼저 버려야 할 것, 버리지 않으면 내가 변할 수 없는 것임에도 불구하고요.

반면, 마지막까지 소중히 지녀야 할 것은 '진아眞我', 나의 진면목입니다. 스님도 말씀하셨지만 그 누군가가 아니라 바로 나 자신일 수밖에 없는 나, 그 무엇이 되고 싶지 않은 나이지요.

제 집사람은 외출을 할 때나 집에 손님이 오면 화장부터 해야 한다고 합니다. 그럴 때마다 저는 남에게 보여지는 모습에 연연해할 필요는 없다고 말하지요. 물론 그것에서 쉽게 자유로워질 수 있는 사람은 별로 없을 거예요. 하지만 모든 사람이 남에게 보여지는 자기 모습에 온 정신을 쏟고 있다 보니 본래의 '나'가 상실되어 가는 것 같습니다. 내가 남이고 싶지 않다는 것은 온전한 자기, '나'가 된다는 뜻이니까 누구에게나 중요한 얘기입니다. 저도 비교적 그렇게 하려고 노력을 하지요.

제가 아주 좋아하는 이야기가 하나 있는데요. 중국의 선사 중 한 명인 바보 스님은 아침에 일어나면 자기 이름을 부르며 이렇게 말한답니다.

"주인공아, 주인공아, 속지 마라, 속지 마라."

이것이 화두인 셈이지요. 우리는 모두가 자기 인생의 주인공인데 대부분은 조연을 하고 있어요. 권력이나 출세, 만약 알코올 중독자라면 술, 이렇듯 무언가를 자기 앞에 두고 스스로 끌려가는 인생을 살고 있습니다.

법정 ●○ 사람은 저마다 자기의 특성이 있잖아요. 남을 닮으려고 하는 데서 병이 생기는 겁니다. 닮은 것은 복사품이지 창조물이 아닙니다. 사람이 제각각 얼굴이 다르고 목소리가 다르고 눈빛이 다른 것은 이 세상에 단 한 사람으로 초대받은 존재라는 의미인데 왜 남을 닮으려고 하는지 모르겠어요. 각자 자기 특성을, 자기 빛깔의 자기 꽃을 피워야지요.

초여름의 나무는 나무마다 잎의 빛깔이 다릅니다. 떡잎 하나, 나뭇잎 하나가 모두 꽃인 초여름 나무처럼 사람도 각자 자기 빛깔을 지녀야 사회가 건전하게 조화를 이룰 수 있습니다. 그런데 요즘은

이 날의 대화는 서울 성북동 길상사에서 세 시간여 동안 이루어졌다.

대학에서든 어디서든 자꾸 닮으라고만 하니까, 아이들도 자기다운 특성을 펼쳐보지 못하고 틀에 갇혀서 고생을 하고 있지요. 이런 교육은 잘못된 교육입니다.

최인호 ●○ 주인공이 못 되는 것이지요.

법정 ●○ 그렇지요. 완전히 소도구로, 부속품으로 전락해 가는 것이지요. 우리의 교육은 사람을 활짝 펴게 만들지 못하고 잔뜩 주눅이 들게 만들고 있습니다. 해외에 나가 보면 학생들 표정이 아주 발랄한데 우리 아이들은 굳어 있어요. 그래서 기회만 되면 술을 마시고 때려 부수고 하는 것이지요.

최인호 ●○ 어디 교육만 문제이겠습니까? 제가 보기에 현재 우리나라는, 어느 한 부분을 수술하기 위해 개복을 하고 보니 총체적으로 병이 번져 있어 치료할 엄두를 못 내고 다시 덮어버린 상태 같습니다.
우리나라의 교육은 한 사람의 '난사람'을 위한 교육입니다. 하지만 '된사람'을 만드는 것이 교육 아닙니까? 난사람을 만드는 교육은 수십만의 젊은이를 모두 일류 대학생으로 만들자는 교육이지요. 일류 대학 나왔다고 꼭 출세하나요. 1백 명 중의 한 사람을 난사람으로 만들기 위해 99명이 들러리가 되어야 하는데 이런 비인간적인 교육이 어디 있습니까? 모두 난사람이 되려고 하니까 사교육비며 집값이며 난리가 난 것이죠. 이건 가치관의 문제이지 교육 제도의 문제는 아니라고 봅니다.

물론 교육열이 높은 것은 중요합니다만, 그것은 난사람이 아닌 된사람을 만드는 교육이어야지요. 된사람은 1백 명이 다 될 수 있거든요. 이게 교육의 철학이고요. 외국에서는 주로 교육의 역점을 건강한 시민이나 건전한 국민을 만드는 데 두는데 우리는 남보다 뛰어나서 남보다 빨리 출세를 하는, 만인이 일류대학에 가는 걸 목적하는 교육이 되어버렸습니다. 그저 남을 짓밟고 뺏는 교육이 되어버렸으니 무슨 교육 효과가 있고 스승에 대한 존경이 있겠습니까? 우리의 교육은 성품이 결여된 지식만을 가르치고 있습니다.

저는 초등학교 4학년 때 담임이었던 이종윤 선생님을 50년 가까이 지난 지금도 잊을 수가 없습니다. 학기가 끝나고 우등상을 수여할 때였는데 성적이 좋았던 제가 우등상이 아니라 가량상이라는 것을 받게 되었지요. 그때 이종윤 선생님이 그러시더군요.

"섭섭하지? 성적만으로 본다면 넌 분명 우등상감이다. 하지만 너의 조급하고 경솔한 성격은 우등상을 받기에 부족하다. 앞으로는 성격까지도 우등상감이 되어라."

천성적인 조급함은 여전하지만, 그 후로는 마음이 급해질 때 호흡을 가다듬고 한 박자 늦춰 보는 습관이 들었습니다. 선생님께서 제게 우등상이 아니라 가량상을 주신 덕분입니다. 그분은 훈계나 체벌이 아니라 일종의 충격 요법으로 저를 가르치신 셈이죠. 안타깝게도 얼마 전 돌아가셨다는 소식을 들었습니다.

스님께도 인생에 특별한 영향을 미친 스승이 계신가요?

법정 ●○ 한 사람의 성장 뒤에는 수많은 사람의 은혜와 영향이 있을 것입니다. 나는 9세기의 선승 임제와 조주 스님을 내 삶에 영향을 끼친 스승으로 들고 싶습니다. 임제 선사에게서는 시퍼런 구도자의 기상을, 조주 선사에게서는 모든 것을 다 받아들인 그 넉넉한 품을 배울 수 있었지요. 〈월든〉의 헨리 데이비드 소로도 생각나는군요. 홀로 당당하게 살아가는 의지와 불의 앞에 맞선 시민 정신을 오늘의 우리도 배워야 하지 않을까요.

최인호 ●○ 저는 가장 큰 스승으로 성경에 나타난 예수를 꼽고 싶습니다. 저는 예수를 신적인 존재나 성인이 아니라 우리와 같은 인간으로 보고 싶은데, 그런 의미에서 예수는 내가 아는 가장 매력적인 사람입니다. 그는 인간에 대한 뜨거운 사랑으로 불타는, 그런 이였지요. 그 외에도 불경 속의 부처나 선승들, 가톨릭의 성인 성녀들이 저를 감동케 합니다. 그들의 이야기를 읽으면 눈에서 비늘이 떨어지는 것 같고 어느 순간 숨이 막히곤 하지요.

상도와 무소유 - 말과 글에 대하여

법정 ●○ 30년 가까이 『샘터』에 '가족'을 연재하는 최 선생을 보면서 참 대단하다는 생각이 들었습니다. 나는 쓰다가 말다가 하긴 했어도 『샘터』 덕분에 좋은 인연을 많이 맺었어요. 매개체가 있었으니 내가 그렇게 많은 글을 쓸 수 있었지 그렇지 않았으면 글을 못 썼을 거예요.

최인호 ●○ 제가 『샘터』에 연재하는 '가족'을 보고 저희 아이들은 자기네 애기가 나오니까 처음에는 거부감을 가지더라고요. '가족'은 소설이기 때문에 백 퍼센트 있는 사실 그대로를 쓸 수는 없거든요.

법정 ●○ 글 쓰다 보면 그런 일이 있지요. 사실은 아니더라도 진실하면 됩니다. 사실과 진실은 조금 다르지요. 그런데 진실이 사실보다 더 절절한 것입니다. 진실에는 보편성이 있기 때문입니다. 독자들이 공감하는 것은 다 비슷한 상황에 놓여 있고 자기들 일을 대변해 주는 것이라고 보기 때문 아니겠어요. 진실에는 메아리가 있어요. 역사와 예술 작품이 다른 점이 바로 그것입니다. 역사는 사실의 기록이고 창작 예술은 가능한 세계의 기록입니다.

최인호 ●○ 그렇게 말씀해주셔서 감사합니다. 제가 이전에도 몇 번 스님을 뵈었는데, 그때마다 제게 인상적인 화두를 주셨지요. 어느 날인가는 도반들과 함께 오신 스님께서 앞으로 무엇을 쓸 거냐고 제게 물으셨지요. 막연하게 불교에 대해 쓰고 싶다고 말씀을 드렸는데, 정말 불교에 관한 소설 〈길 없는 길〉을 쓰게 되었어요.

법정 ●○ 〈길 없는 길〉은 아주 좋은 작품이에요. 자료가 있다 해도 불교계 안에 몸담고 있으면 그런 글을 쓰지 못할 텐데, 최 선생처럼 안목도 있고 재능도 있는 분이 불교계 밖에서 자유롭고 객관적으로 표현해 줄 수 있었던 것이지요.

"아무 계획도 없이, 인도에 가게 되었다고 했다가 정말로 〈인도기행〉 책까지 낸 제
경우만 봐도 그렇습니다. 말이 씨가 되어요. 사람은 자기 말에 책임을 져야 합니다."

최인호 ●○ 스님께서 그 길을 열어주신 것 같아요. 저는 생각에 앞서 일단 말부터 내뱉는 버릇이 있는데 불교에 관한 글을 쓰고 싶다는 말이 씨앗이 되었어요. 스님께서 이런 말씀도 해 주셨지요?

"마음에서 생각이 나오고, 생각에서 말이 나오고, 말에서 습관이 나오고, 습관이 성격이 되고, 성격이 운명을 이룬다."

저는 이 말을 참 좋아합니다. 좋은 말에서는 좋은 열매가 맺고 나쁜 말에서는 나쁜 열매가 맺겠지요.

법정 ●○ 업이라는 게 그런 것입니다. 말과 행동이 업이 되어서 결과를 이루게 됩니다. 강연 요청이 끊임없이 들어오기에 곧 인도에 가게 되어 시간이 없다고, 아무 계획도 없이 그런 말을 했었는데 마침 어느 신문사에서 인도 기행을 청탁해 와 인도에 가게 된 제 경우를 보세요. 말이 씨가 되어요. 그러니 사람은 자기 말에 책임을 져야 합니다.

사람 '인人' 변에 말씀 '언言' 자로 이뤄진 '믿을 신信' 자는 사람의 말이라는 뜻이지요. 사람의 말이란 곧 믿음입니다. 거짓과 사기는 문서가 생기기 시작하면서부터 비롯되었습니다. 문서와 증서가 발달하면서 현대인들은 문자에 의존하게 되었고, 그럴수록 사람 사이의 신의와 믿음이 깨지고 있습니다. 사람의 말이란 무서운 것이고, 그에 책임을 져야 하는데요.

최인호 •○ 네. 말은 참으로 신령한 것이고, 말의 능력이 곧 하느님의 능력이라고 생각합니다. 성경에도 태초에 말이 있었다고 하거든요. '어느 17세기 수녀의 기도'를 보면 아주 좋은 말이 나옵니다. 이런 식이에요. ·

"주님, 제가 늙어 가고 있는 건 어쩔 수 없지만 제발 말 많은 늙은이가 되지는 않게 해 주십시오."

저도 말 많은 늙은이가 되지는 않았으면 좋겠습니다. 그 수녀는 이런 말도 했지요.

"특히 아무 때나 무엇에나 한 마디 해야 한다고 나서는 치명적인 버릇에 걸리지 않게 하소서."

이 말도 참 좋더라고요. 지식인이라면 무슨 말이든 한 마디 해야 할 것 같은 강박 관념에 사로잡히곤 하지 않습니까? 그러나 말의 양이 아니라 질이 중요하지요. 이제는 말수는 적어도 마음이 실려 있는 말을 하는 사람이 되었으면 좋겠습니다. 유태인 속담에 이런 말이 있지요.

'나이가 들수록 말문은 닫고 지갑을 열어라.'

법정 ●○ 좋은 말입니다. 나이가 들수록 베풂에, 나눔에 인색하지 않은 사람이 되었으면 좋겠습니다.

최인호 ●○ 스님, 요즘 제가 오랜만에 소설을 쓰려고 준비를 하는데요. 공자 얘기입니다. 아울러 우리나라의 이퇴계, 이율곡, 조광조 같은 사람들도 등장을 하지요. 불교와 마찬가지로 유교도 우리나라 민족성의 원형 중 하나라 그걸 쓰려고 하는데, 처음에는 소설을 써야 한다는 원칙만 있을 뿐 오리무중이었어요. 그런데 공부를 하고 자료 조사를 하다 보니 나름대로 길이 생겼습니다. 저도 참 신기해요.
〈상도〉를 쓴 후 인터뷰를 했는데 책에 나오는 고사성어를 줄거리에 딱 맞게 미리 준비했느냐고 묻더라고요. 그런데 그게 아니거든요. 소설을 쓰다 보면 신기하고 알 수 없는 일이 참 많이 일어나요. 3, 40년 전에 들었던 이야기가 소설을 쓰려고 보면 갑자기 그 사람과 연락이 돼서 작품에 나타날 때도 있고 말이죠.
10년 전쯤 성당에서 한 달 동안 피정을 한 적이 있습니다. 영성 수

련이라는 어려운 수련이었는데, 하루는 신부님이 "오늘 하루는, 태어나서 지금까지 살아 온 과거를 회상해 보십시오" 하기에 굉장히 웃기는 숙제를 내 준다고 생각했습니다. 50년 가까이 살아온 인생을 어떻게 단 하루 만에 다 생각해 보겠는가 하고요. 그런데 가만히 생각해 보니까 참 신비한 경험을 하게 되더군요. 이런 말들을 하지요. 사람이 죽을 때는 눈앞에 자기가 살아온 과거가 파노라마처럼 펼쳐진다는. 저는 그 말에 동의할 수 있을 것 같아요. 사람은 누구나 자기의 눈이라는 조리개를 통해 나름대로의 인생 하나를 촬영해 가는 것 같습니다. 육신은 죽어도 살아 왔던 궤적들은 뇌리의 필름 속에 남아 있는 것 같아요. 그래서 그것이 죽을 때 파노라마처럼 단숨에 펼쳐지는 게 아닌가 하는 생각을 합니다. 그날 하루 동안 생각해 보니 과거의 일들이 무지무지하게 생생히 떠오르더라고요. 생각하기 시작하니까 마치 시네마 천국처럼 잊었던 부분들이 갑자기 떠오르고 옛날 생각이 선명하게 났습니다. 소설가란 그가 보고 느꼈던 것들을 무의식이라는 창고 속에 들여놓는 사람들이겠지요. 그 양은 물론 엄청나지요. 생각을 시작하면 그 신비한 창고 어딘가에 가서 기억을 끄집어내오는 것 같습니다. 그랬을 때 그 문장도 빛이 나지요. 플로베르가 모든 사물을 표현하기 위해서는 딱 한 마디 말이 필요할 뿐이라고 했는데 그 말이 맞는 것 같습니다. 햇빛을 표현할 때, 제 머릿속은 60년 동안 경험했던 햇빛의 기억을 끄집어내오는 것이겠지요. 제 소설을 읽는 독자도 자신이 살아오는 동안 경험한 기억의 창고로 달려가는 것이죠. 그렇게 제가 보여 주려고 하는 장면과 독자가 가지고 있는 장면이 교감 상태에 이른 것을 감동이라고 할 수 있습니다. 플로베르의 말처럼 영감에 의해서 더 정확한 묘사와 정확한 장면의 제시를 할 수 있을 때, 그 소설도 더 생생하게 빛이 날 수 있겠죠. 그것을 상상력이라고 할 수 있고요.

거울을 닦아야 깨끗하게 볼 수 있듯이, 기억의 창고를 제대로 보기 위해서는 늘 닦고 정리해야 합니다. 그렇지 않으면 기억의 회로가 낡은 영화 필름처럼 끊어져 버리지요. 그래서 상상력을 보다 선명하게 하기 위한 부단한 노력이 있어야 합니다. 늘 깨어 있어야 한다는 것과 통하는 말이지요.

법정 ●○ 아름다움과 진실을 찾아내어 그에 알맞게 표현하는 창의력이 소설가의 중요한 덕목이라고 여겨집니다. 그런 능력을 갖추기 위해서는 무엇보다 먼저 자기 삶을 진지하게 살 수 있어야 하겠지요. 창조란 진지한 삶을 토대로 이루어지니까요. 모든 글이 다 그렇지만, 소설의 경우도 두 번 읽을 가치가 없는 소설은 좋은 소설이 아닐 겁니다.

다시 태어난다면 – 업에 대하여

최인호 ●○ 한때 저도 진심으로 출가하고 싶을 때가 있었습니다. 스님의 글 중에 '계戒'를 받은 후 승복을 입고 걸어갈 때 환희심이 넘쳤다는 구절을 읽고 깊은 인상을 받았었지요. 그래서 저도 어느 스님의 승복을 빌려 입고 머리에는 밀짚모자를 쓰고 압구정동 거리를 걸어 보았는데, 내가 전혀 다르게 느껴지더라고요. 아주 독특한 경험이었어요. 승복을 입기 전의 내가 아니었어요.

법정 ●○ 나도 출가하기 전에 친구와 함께 축성암이라는 절에 간 적이 있는데, 스님은 없고 가사 장삼이 걸려 있기에 한번 입어봤어요. 옷을 입는다는 것도 업인데, 뭔가 정답고 그 전부터 입었던 옷 같더군요. 그때 친구도 나를 보고 꼭 스님 같다고 그랬어요.

내가 처음 절에 들어가서 스님들 바리때 공양을 봤을 때도 정말 환희심이 일었습니다. 그때 어떤 스님은 내게 삭발을 부탁하기도 했어요. 한국전쟁 직후라 미군용 나이프를 갈아 삭도로 쓰던 때인데, 나는 생전 처음이었지만 스님의 머리를 아주 잘 깎았어요. 스님도 아프지 않다고 하고. 그래서 '아, 전생에 나는 중이었구나' 하는 생각을 하게 되었지요.

금생의 출가 수행자들은 몇 생을 두고 그 길에서 지내다가 때가 되니 제 발로 절에 들어온 사람들입니다. 신학대학에서는 정기적으로 학생을 모집하지만, 옛날부터 스님 모집한다는 광고는 없잖아요. 승가대학이 있긴 하지만 그곳은 이미 승려가 된 이들이 다니는 곳이고. 절에는 다들 제 발로 걸어 들어옵니다. 다 인연 때문이지요. 최 선생도 승복을 입었을 때 생각이 많이 달라졌을 거예요.

최인호 ●○ 네. 걸음걸이도 아주 반듯해지고 진짜 자유인 같다는 생각이 들었어요. 비록 출가는 못했지만요.

법정 ●○ 전생에 한 번은 거쳤을 거예요. 그러니까 불교 소설도 쓰게 되었지요. 소재가 있다고 해서 아무 작가나 관심을 갖고 쓰는 것은 아니니까요.

최인호 ●○ 저는 〈길 없는 길〉을 쓸 때 행복했어요. 경허 스님이라는 인물에 3년 동안 몰두할 수 있어서 정말 행복했습니다. 처음에는 제목을 '길'이라고 지어 놓고 있었는데 사실 마음에 안 들었어요. 그러던 중 수덕사에서 방을 하나 내주어 거기 누워 있는데 갑자기 '길 없는 길'이라는 제목이 떠올랐지요. 마침 다음날 아침 사고社告가 나가기로 했었어요. 그래서 급히 전화해서 제목을 바꿔 달라고 했죠. 그때 참 행복했었습니다.

법정 ●○ 길 없는 길, 제목이 참 좋습니다. 소리 없는 소리가 있듯이. 불국사에는 옛 설법전인 '무설전'이 있습니다. 법문을 설함이 없이 설하고, 들음이 없이 듣는다는 유마경의 내용처럼 길 없는 길이라는 것도 그런 의미이겠지요. 형상이 없는 길. 길이란 집착한다고 해서 생기는 것이 아니니까요.

바람 없는 바람 속에 소리 없는 풍경만이 아름답다.

최인호 ●○ 문득 든 생각인데요, 스님께서는 다시 태어난다면 어떤 일을 하고 싶으신가요? 어떤 삶을 살고 싶으신가요?

법정 ●○ 그 어떤 틀에도 매이거나 갇히지 않는 자유인이 되고 싶습니다. 오래 익혀온 업이라 이 다음 생에도 다시 수도승 쪽에 서게 되겠지요. 최 선생은 어떠신가요?

최인호 ●○ 도를 이루거나 성인이 되면 윤회가 끝나니 다시 태어나지 않아도 되잖아요. 그러니 가장 좋은 일은 다시 태어나지 않는 것이겠죠. 전 다시 태어나고 싶지 않아요. 하지만 만약 다시 태어난다면 지금처럼 글을 쓰며 살고 싶고, 지금의 아내와 결혼하고 싶어요. 저로서는 글을 쓰는 일이 정말 행복하고, 한 사람을 진정으로 아는 데 한 평생만으로는 부족하거든요.
스피노자가 그랬던가요. 내일 지구가 멸망하더라도 한 그루의 사과나무를 심겠다고요. 저는 죽는 그날까지 붓을 놓지 않는 것이 소원입니다. 그러나 그 붓은 어제 쓰던 낡은 펜이거나 봄날의 김장 김치처럼 군내 나는 것이 아니라 뾰족하게 깎은, 향기로운 새 연필이어야 하겠지요.

법정 ●○ 소설 쓰는 일이 힘들어 울기도 한다면서요. 그래도 다시 소설가로 태어나고 싶은가요?

최인호 ●○ 네. 저는 작가로서 인정을 받은 부분도 있고 못 받은 부분도 있습니다. 그런데 참 무서운 것은 작품의 일급 독자는 작가 자신이라는 점이에요. 〈자이언트〉란 영화를 보면, 가난한 제임스 딘이 유전을 발견하잖아요. 그때 상대역인 엘리자베스 테일러가 말하죠.

"돈이 세상의 전부는 아니지요."

그러자 제임스 딘이 대꾸합니다.

"있는 사람에게는 그렇겠지요."

숨이 막히게 멋진 대사 아닙니까. 〈상도〉는 3백만 부쯤 팔렸는데 독자들의 사랑도 받고 돈도 생기고 다 좋은 일이지요. 세상에 이름이 알려지고 행복에 겨워서 다시 태어나도 소설가로 살겠다고 하는지도 모릅니다. 제가 "명예가 세상의 전부는 아니겠지요" 한다면 누군가 "있는 사람에게는 그렇겠지요"라고 말할지도 모르고요. 그런데 스님, 카프카라는 그 위대한 작가가 세상의 인정도 못 받고 아주 외롭게 죽었거든요. 하지만 그 당시 수만의, 수천의, 아니

수백 명의 사람이 인정하지 않았다 하더라도 카프카는 천만 군보다 더 무서운, 자기 마음속의 무시무시한 독자, 자기 자신이라는 일급 독자의 만족을 얻었기 때문에 행복했을 거라고 생각합니다. 남의 평가란 게 사실은 별 거 아니잖아요. 그건 흘러가는 것이죠. 자기 자신한테 엄격한 게 더 무서워요. 나이가 들면 체력도 떨어지고 꾀도 생기게 마련인데, 저는 정면 승부하는 작가가 되고 싶어요. 다시 태어나도, 지금 이 생에서도 끝까지 창작하는 사람으로 남고 싶고요. 문학상의 심사위원도, 문학이란 무엇인가를 강의하는 사람도 아닌, 글 쓰는 사람으로 사는 일. 저는 창작이 제 남은 삶을 채우길 바랍니다.

법정 ●○ 참 소중한 꿈입니다. 내게도 꿈이 있지요. 얼마가 될지는 알 수 없지만, 나는 남은 삶을 보다 단순하고 간소하게 살고 싶군요. 그리고 추하지 않게 그 삶을 마감하고 싶습니다.

난세가 호시절 – 시대에 대하여

최인호 ●○ 스님, 제가 청계산에 다니잖아요. 땀을 흘리면서 격렬하게 산을 오르다 슬쩍슬쩍 바라보는 자연이 참 좋습니다. 하지만 내가 자연을 느껴야지, 솔바람 소리를 듣고 나무를 봐야지 하며 일부러 발걸음을 멈추거나 하지는 않습니다.

현대인들이 자연을 잃어버렸다는 스님의 말씀은 옳습니다. 그런데 어떤 논리인지는 모르겠으나 요새는 자연을 느껴야 한다는 강박 관념 같은 게 퍼져 있는 것 같아요. 억지로 자연을 찾아다니다 보면 그게 또 숙제예요. 그저 가까운 산에 가면 되고, 여의치 않으면 집에서 화초라도 키우면 된다고 전 생각하는데요.

법정 •○ 그렇지요. 그게 또 숙제가 되고 스트레스가 될 수 있지요. 그런데 자연은 더 말할 것도 없이 위대한 스승입니다. 자연만큼 큰 스승이 어디 있겠어요. 자연은 사계절의 질서를 어김없이 지키지요. 거기에는 과속도 추월도 없습니다. 그리고 그 모진 추위와 더위 속에서도 묵묵히 참고 기다릴 줄 압니다. 자연은 모든 것을 다 받아들입니다.

이 세상은 함께 사는 곳이지요. 숲 속에 들어가면 나무들 모습이 다 다르고 잎도 다르고 열매도 다르고 꽃도 다르듯이, 제각각 다른 존재들이 함께 사는 것입니다. 이것이 가장 바람직한 생명의 영역이고 생태인데 사람은 자기 위주로 생각해 필요 없다고 가지를 쳐버리고 또 어떤 나무에는 비료를 잔뜩 주고, 어떤 곤충은 필요 없다며 살충제로 없애버리고…. 생태의 조화가 깨진다는 것은 건강한 생명력 자체가 훼손된다는 것입니다. 지금 환경 문제가 그렇습니다. 지구는 인간만 사는 곳이 아니잖아요.

골프 좋아하는 사람들한테는 조금 미안한 얘기지만, 우리나라에서는 몇 사람 골프 치기 위해서 자연을 몹시 훼손시키고 있어요. 외국은 땅도 넓고 지형 자체가 평탄해 나무를 베고 불도저로 밀지 않아도 골프하기 좋게 되어 있어요. 우리는 너도나도 골프 선수

하겠다고 온 산을 다 뒤집어 놓는데, 그 밑에서 농사짓는 사람들은 해마다 수해와 살충제 피해 때문에 고생이 말이 아니에요. 소수를 위해서 생태계가 파괴되고 있는데, 그건 행복일 수가 없어요. 행복에는 윤리가 전제되어야 해요. 저 혼자만 잘 산다고 해서, 저만 맑고 투명한 시간을 누린다고 해서 행복이 될 수 없거든요. 남들이야 어찌되었든 아랑곳하지 않는 행복이란 진짜가 아니에요.

최인호 ●○ 환경 문제도 심각하지만 요즘 사람들은 점점 국가나 민족에 대해서 관심을 갖지 않는 것 같습니다.

법정 ●○ 세계가 한 동네처럼 좁혀지고 있는 오늘 같은 상황에서는 국가와 민족에 대한 의식도 예전과 다를 수밖에 없습니다. 내 나라 내 민족을 내세우게 되면 다른 나라 다른 민족과 맞서게 되지요. 그보다는 지구촌에 사는 한 사람으로서 어떻게 처신할 것인가가 더 절실한 과제로 여겨지는데요.

최인호 ●○ 제 생각으로는 글로벌 시대라는 지금이야말로 진정한 민족주의를 지향해야 할 때가 아닌가 싶습니다. 그래야 뿌리가 흔

들리지 않으니까요. 매일 아침 일어나면 거울에 자신의 모습을 비춰보듯 우리는 늘 시대의 거울을 들여다봐야 하지 않을까요. 시대의 거울이란 역사이고, 민족의 역사에 대해 아는 일은 자기 자신을 아는 일처럼 굉장히 중요한데 요즘 사람들은 우리 역사에 대해 잘 모르고 있어요. 기독교 윤리를 뛰어넘는, 선비 정신 같은 훌륭한 민족성이 사라져 가고 서구에서 유입된 천민자본주의가 득세하는 것도 내 나라 내 민족, 우리 역사에 대한 무관심에서 나오는 것이 아닌가 합니다.

이러한 시대를 한탄하거나 불만을 토로하는 대신 제가 할 수 있는 일은 글을 쓰는 일일 거예요. 매우 소극적으로 보이지만 그것은 사실 가장 적극적인 방법입니다. 작품 속에 나의 소망을 담는 것, 내가 쓰는 소설의 주제에 근접한 사람으로 변화하는 것, 그것이 작가로서 제가 할 수 있는 일이죠. 다른 사람들에게도 그들만의 몫이 있다고 생각합니다.

그리고 동방예의지국이던 우리나라가 예의를 상실했어요. 사람들이 무례해진 거지요. 이기적이 되고 '우리'가 없어졌어요. 한국전쟁이 남긴 가장 큰 상처는 동족상잔이라는 경험으로 인한 가치관의 붕괴예요. 미국과 소련의 대리 전쟁, 우리의 사상이 아닌 자본주의와 공산주의의 싸움에 엉뚱하게 우리가 동원돼 한민족끼리 총부리를 겨눴던 거지요. 왜 싸우는지도 모르면서 핏줄을 나눈 형제가 서로 죽고 죽인 것이나 다름 없었습니다.

군사독재 시절의 고도 성장도 폐해가 큽니다. 물론 공도 있었지만, 오로지 성장이라는 목표 아래 경제 이외의 다른 가치들은 무시되었거든요. 저는 1950년대와 1970년대의 이 두 사건이 지금 우리나라의 부정적인 면에 영향을 끼쳤다고 봅니다.

법정 ●○ 오랜 세월 농경 사회에서 빚어졌던 훈훈한 인정과 아름답던 풍습이 사라져가는 세태도 정말로 아쉽습니다. 하지만 시대의 경향을 무시한다든가 너무 정체되어 있어서도 안 되지요. 그런 면에서는 나도 반성하는 게 많아요. 옛날의 자로 지금 세상을 재려고 하면 안 되는데 내게도 고정관념 같은 게 있어요. 자에는 표준이 아니라 탄력이 있어야 합니다. 유교도도 아닌 우리가 공자 왈 맹자 왈 하던 시절처럼 굳어 있어도 세상 발전이 안 될 거예요.

최인호 ●○ 스님, 혹시 컴퓨터 쓰십니까?

매화 꽃잎 띄워진 향기로운 차

법정 ●○ 아니요. 난 아직도 만년필을 씁니다. 나는 전기가 안 들어오는 곳에 사니까 컴퓨터는 못 써요. 시력도 나빠질 테고, 중 방에 쇳덩어리가 있을 걸 생각하니 영 맞지도 않고요. 나는 고색창연하게 옛날식으로 만년필 쓰는 것을 고수합니다. 세상 사람이 모두 컴퓨터를 써도 나는 자주적으로 나가야겠구나 하고 생각해요. 적어도 이 부분에 있어서 만큼은요.

최인호 ●○ 제가 스님하고 닮은 점이 그거네요. 지금 글 쓰는 사람 중에 컴퓨터 안 쓰는 사람은 저밖에 없을 겁니다.

법정 ●○ 아마도 그럴 겁니다. 그래서 신문사 같은 데서는 보관용으로 육필 원고를 수집한다고 그러더군요. 요새 손으로 글 안 쓰는 사람들 편지를 보면 괴발개발이에요. 상형문자도 그런 상형문자가 없어요.

최인호 ●○ 필체가 없어지죠. 독특한 개성이 없어지는 거예요.

법정 ●○ 나는 글 쓸 때 볼펜도 사용하지 않는데, 볼펜은 빨리 나가기 때문에 생각이 함부로 손을 따라가거든요. 옛날엔 먹을 갈며 생각을 정리하고 한 획 한 획 붓을 놀리며 책임 있는 글들을 썼는데 요즘 사람들은 손가락이 빨라서 그런지 무책임한 글을 많이 씁니다. 말을 믿을 수가 없어요. 가와바타 야스나리 같은 일본 작가는 자기 작품 〈설국〉을 붓으로 다시 한 번 쓰곤 했답니다. 사실 원고지에 한 칸 한 칸 글을 쓰고 있으면 마음이 참 편해집니다. 만년필 동기를 만나 반갑군요.

최인호 ●○ 사람들은 저보고 원시인이라고 합니다. 컴퓨터를 사용하지 않는 것을 이상하게 생각하는 사람도 많아요. 어떤 방송국에서는 작가 중 컴퓨터를 쓰지 않는 사람은 제가 유일하다면서 취재하겠노라 했던 적도 있습니다. 어떤 괴팍스러운 고집 때문에 그런다고 생각하는데 저는 전혀 그렇지 않아요. 다만 제가 잘 알고 익숙한 것을 두고 굳이 새로운 것을 이용할 필요가 있을까 해서 그러는 것인데요, 일종의 단순화라고 할까요.
컴퓨터를 사용함으로써 제 글이 보다 풍요로워질 수 있다면 그렇게 했겠죠. 제가 운전도 하고 기계치도 아닌데 못할 일도 없지요. 하지만 전 아직도 원고지에 만년필로 쓰는 일이 좋습니다. 고통스럽지만 옛 친구 같거든요. 200자 원고지, 아이구 그거 고통이고 어떨 땐 원수 같아요. 완전히 감옥이지요. 한여름이면 글쓰기 전에 땀부터 뚝뚝 떨어지고요. 그런데 세상에는 저 같은 원시인도 좀 필요하잖아요. 게다가 컴퓨터로 쓴 글에선 어딘지 컴퓨터 냄새가 나는 것 같아요. 매끈매끈하고 금속성 소리가 납니다. 그래서 저는 젊은 사람들도 먼저 육필로 쓴 다음 나중에 정리만 컴퓨터로 했으면 좋겠다고 생각합니다.

정보도 그래요. 컴퓨터에 정보가 많이 들어 있다지만 뭐 그리 많은 정보가 필요해요. 이미 제가 알고 있는 정보로도 충분한데.

제가 좀 악필이긴 해도, 만년필에 잉크를 채워 넣고 한 자 한 자 글을 쓰는 행위는 늙었긴 해도 아름답고 익숙한 아내를 보는 것 같기도 하고, 다 늙었지만 같은 기억을 공유하고 있는 옛 친구를 보는 것 같은 그런 느낌을 주지요.

화제를 좀 돌려보지요. 스님, 어느 신문에서 인터뷰하실 때 조주 스님의 '난세야말로 호시절이다' 라는 말씀을 인용하셨는데 정말 호시절입니까? 지금 난세인 것만은 분명한데요.

법정 ●○ 그래요. 현재는 객관적으로 봐도 난세지요.

최인호 ●○ 간디는 우리를 파괴하는 일곱 가지의 증상이 있다고 했는데요. 일하지 않고 얻은 재산, 양심이 결여된 쾌락, 성품이 결여된 지식, 도덕이 결여된 사업, 인간성이 결여된 과학, 원칙이 없는 정치, 희생이 없는 종교. 위기의 시대에 인도에서 간디가 한 말이 우리 현실과 다 들어맞으니 기가 막힌 일이죠. 게다가 현대인은 모두 병을 앓고 있어요.

법정 ●○ 무엇을 갖고도 만족할 줄 모르고 고마워할 줄 모르는 그 끝없는 야망은 분명히 병입니다. 그리고 자기의 존재를 잊어버리고 넘치는 정보의 홍수에 휩쓸려 허우적거리는 것도 분명히 현대인의 병이죠. 아는 것이 많다고 해서 행복한가 스스로 물어 봐야합니다.

최인호 ●○ 단순하지 못함, 복잡함은 분명 현대인의 병인 것 같습니다. 우리를 둘러싸고 있는 사상과 물질이 지나치게 복잡하고 풍부하다 보니 이제는 자기 자신을 찾을 수 있는 방법조차 잃어버렸어요. 진리는 아주 단순한 것인데 말입니다. 목이 마를 때 갈증을 해소하는 방법은 맑은 물을 마시는 일뿐인데 현대인은 술이나 달

콤한 음료를 찾지요. 그것은 갈증을 더할 뿐 결코 우리의 마른 목을 적셔줄 수 없어요.

목이 마를 때 물을 마셔야 한다는 진리는 세월이 흘러도 변하지 않습니다. 그렇듯 신의나 정절 같은 덕목 역시 불변하는 가치입니다. 그러나 현대인들에게 그것은 고리타분한 이야기로 들릴 뿐입니다. 세상이 복잡할수록 우리가 지향해야 할 가치는 단순명료한데도 현대인은 다양한 논리라는 미명 하에 그 사실을 잊고 있거나 모른 체하고 있어요. 지금이야말로 '진리의 검으로 무장하고 빛의 갑옷을 입을 때'가 아닐까요.

법정 ●○ 어지러운 세상이기 때문에 사람이 깨어 있어야 합니다. 너무 태평스러우면 잠이 듭니다. 로마의 멸망 같은 인류 역사를 볼 때도 그렇고, 만약 외환 위기 같은 경제적인 어려움이 없었다면 한국 사람들은 훨씬 더 무력해졌을지도 모릅니다. 그러나 우리는 위기를 통해서 잠재력과 새로운 저력, 기상을 내뿜었지요. 시절이란 것은 반드시 리듬이 있어요. 굴곡은 시절의 소용돌이 속에 들어가면 안 보이는데 멀찍이서 내다보면 다 그 나름대로 의미가 있습니다. 난세는 새로운 도약을 할 수 있는 계기를 마련해 주니까요.

수영을 해 보면 알 수 있습니다. 바다든지 강물이든지 흐름을 따라서 가면 아주 편하지만 수영하는 재미는 없어요. 물살을 약간 거스르며 헤엄칠 때는 몸이 뻐근하면서도 뭔가 에너지가 분출되는 게, 새로운 기력이 생기는데요. 흐름을 따라가면 편하기는 한데, 자기의 새로운 에너지, 잠재력은 개발이 안 되지요. 그와 마찬가지입니다.

최인호 ●○ 제가 보기에도 지금처럼 어지럽고 혼란스러운 세상이야말로 정신을 차릴 수 있고 자기의 존재를 자각할 수 있는 절호의 기회인 것 같습니다. 난세일수록 그에 휩쓸리는 물거품이 되기보다는 불변하는 본연의 자세로 돌아가기 좋은 시절이라는 역설적인 얘기가 되겠지요. 대개는 난세일수록 남을 바꾸려 들거든요. 언론 등은 남을, 세상을 변화시키려 하지만 제가 보기에는 난세야말로 자기 자신이 변화하기에 가장 좋은 시절이 아닌가 싶습니다. '너무 시대를 탓하지 말라, 시대에 의해서 그대의 존재를 망각하지 말라'는 뜻이고 '난세일수록 의식의 촉수를 세우고 홀로 빛나라'는 뜻이겠지요. 현대인들은 사실 무엇이 가장 중요한지를 알고 있는지도 모릅니다. 다만 자신의 게으름이나 어떤 논리에 의해서 제1순위의 가치를 7위쯤으로 가져다 놓는 건 아닐런지요. 문득 그런 생각이 들었습니다.

자신의 내면을 들여다보라 – 깨어 있음에 대하여

최인호 ●○ 스님께서는 삶의 신선미를 잃어서는 안 된다는 말씀도
하셨는데 참 좋은 말씀입니다. 그런데 깨어 있어야 인생의 신선미
를 느끼겠죠?

법정 ●○ 맑고 투명한 영혼과 정신을 지니는 순간, 바로 그때가 본
래의 자아로 돌아간 순간이지요. 하지만 맑고 투명하며 순수한 의
식의 상태는 일상적인 일들에 묻혀 지속되기 어렵습니다. 설사 참
선을 한다 해도 화두에 걸려 순수하고 투명한 상태에 이르지 못하
거든요. 화두로부터도 자유로워져야 합니다. 그래야 그 안으로 들

어가는 것인데, 종교인들은 교리나 형식 따위에 걸려 종교를 갖지 않은 사람보다 오히려 비종교적인 작태를 보이는 경우가 흔합니다. 자칫하면 그런 덫에 걸리기 쉬운데 그걸 딛고 일어서야 합니다.

깨어 있다는 것은 새삼스럽게 눈비비고 일어날 것도 없이, 자기를 관찰하는 것이지요. 내 화두이기도 한 '나는 누구인가' 같은 문제가 그 깨어 있음에서 나옵니다. 순간순간 자기 자신의 내면을 들여다보면 정신이 잠들 수가 없지요. 다시 말하면 자기 중심이 잡히는 것입니다. 그러다 보면 대인 관계며 자기가 하는 일이 잘못될 수가 없어요. 깨어 있기 때문입니다. 그런 맑고 투명한, 자기를 응시하는 시간을 갖지 못하면 편견이 생겨요. 어떤 이해관계라든가 기존의 고정 관념이 작용을 해서, 순수하게 응시하지 못하게 하고 가치 판단을 흐리게 만듭니다. 그래서 성당에서도 묵상하라, 기도하라 하는데 이런 것들이 자기를 들여다보는 것, 천주님을 통해서 결국은 자기 내면에 잠들어 있는 주님을 일깨우라는 얘기겠지요.

최인호 ●○ 저도 깨어 있으려고 노력은 하고 있습니다. 최근 일본의 책 중 〈바보의 벽〉이라는 재미있는 책을 하나 읽었는데요. 해부

학 교수이고 의사인 저자는, 사람은 다 벽을 하나씩 가지고 있다고 주장하고 있습니다. 그래서 저마다 자기의 벽 속에 갇혀 남을 인정하지 않으려든다는 것이죠. 해마다 맞는 봄이지만 불치병에 걸렸을 때 보는 봄의 풍경은 정말 다르거든요. 평소에는 바보의 벽에 가로 막혀 그걸 인식하지 못한다는 겁니다. 그 벽을 뛰어넘어야만, 그 벽을 부서뜨려야만 사람은 변화할 수 있고, 남과 대화를 할 수 있다고 합니다.

저는 우리 민족에게 좋은 화두가 있다고 생각합니다. 바로 심청이 얘기지요. 심 봉사가 공양미 3백 석을 바치고도 눈을 못 뜨다가 왕비가 된 심청이가 벌인 맹인 잔치에 가서 "아이구, 내 딸 청아"하고 눈을 뜨지 않습니까? 사람은 모두 공양미 3백 석이 있어야만 눈을 뜰 수 있다고 생각하는 것 같습니다. 내가 행복하기 위해서 공양미 3백 석은 있어야 한다는 자기 논리, 그게 일종의 '바보의 벽'이겠지요. 우리의 삶이 정말 맹인 잔치인 것 같습니다. 성경에도 그런 말이 있습니다.

'들을 귀가 있는 사람은 듣고 눈이 있으면 보라.'

심 봉사가 눈을 번쩍 뜨는 것처럼, 그런 눈으로 사물을 바라볼 수 있으려면 오히려 공양미 3백 석을 없애야 합니다.

"참된 지식이란 깨어 있음인 것 같아요. 지성인이 지식인과 가장 다른 점은 남을
변화시키려 하기보다는 스스로 깨어서 변화하려고 노력하는 것이겠지요."

'지금은 23평에 살고 있지만 30평 아파트를 산다면 행복해질 것이다.'

'우리 남편이 지금 과장이지만 부장이 된다면 행복해질 것이다.'

'우리 아들이 서울대학교에 들어가면 행복해질 것이다.'

그런데 그게 행복의 기준은 아니거든요. 공양미 3백 석이 없어도 뜰 수 있는 눈을 가지고 세상을 바라본다면 우리의 삶은 기적의 연속이지요. 사랑도 첫사랑, 첫 키스가 아름답듯이 사물에 대한 인식을 첫 키스처럼 한다면 우리의 삶은 신선하게 다가오지요. 그렇지 않고 늘 본 풍경이나 늘 본 만화책처럼 인생을 산다면 억울하지요.

마누라의 낡은 고쟁이 같은 게 우리의 인생은 아니잖습니까. 깨어 있으면 심 봉사의 눈뜸과 같은 자아의 발견, 존재의 발견이 가능한 거죠. 그렇지 않으면 김유정의 말처럼 삼류 소설 같은 인생을 살게 되는 거죠. 신비롭고 아름다운, 하나뿐인 우리의 인생을 다 읽어버려 방바닥에 굴러다니는 삼류 소설처럼 산다면 얼마나 슬픈 일입니까. 그런 신선미가 없다면 글을 쓸 수도 없지요. 제가 사랑을 군내 나는 김장 김치처럼 생각한다면 어떻게 사랑 이야기를 쓸 수 있겠습니까.

스님, 지식도 참된 지식과 죽은 지식으로 나누어 볼 수 있겠지요?
어떻게 나누어 볼 수 있을까요?

법정 ●○ 참된 지식이란 사랑을 동반한 지혜겠지요. 반면 죽은 지
식이란 메마른 이론이며 공허한 사변이고요.

최인호 ●○ 네. 스님 말씀에 공감합니다. 그런데 우리는 참된 지식
을 얻기 위해 어떤 노력을 해야 하는지요.

법정 ●○ 우리에게 필요한 건 냉철한 머리가 아니라 따뜻한 가슴입
니다. 따뜻한 가슴으로 이웃에게 끝없는 관심을 갖고, 그들의 일을
거들고 보살피는 일은 아무것도 하지 않는 박학한 지식보다 훨씬
소중하지요. 하나의 개체인 나 자신이 전체인 우주로 확대될 수 있
어요. 그리고 그렇게 되어야 합니다.

최인호 ●○ 예. 참된 지식과 죽은 지식의 차이란 결국 실천의 문제
이군요. 달마가 했던 얘기가 생각납니다. '지식이라는 것은 버리
면 버릴수록 본성에 가까워진다'는……. 공자는 또 이런 얘기를

했어요. '안다는 것은, 네가 모른다는 것을 아는 것이다'라고요. 지식이라는 건 문자 그대로 지식, 머릿속에 쌓이는 것이겠죠. 그러나 우리는 지식인이 아니라 지성인이 되어야 하지 않겠습니까. 소위 지식인이라는 사람들은 율법학자일 가능성이 많아요. 예수를 죽인 사람들은 지식인들이지 지성인이 아니에요. 한 마디로 지식인들은 눈 먼 자들입니다. 하지만 자기가 누구보다 더 잘 본다고 생각하지요. 차라리 안 보인다고 하면 좋겠는데, 눈을 감고 있음에도 불구하고 잘 보인다고 하니 그게 문제인 거죠. 왜냐하면 그를 따라가는 사람들조차 구렁텅이에 빠뜨릴 수 있으니까요. 소위 사회의 엘리트 층이라고 하는 사람들이 문제가 많아요. 제가 보기에는 지식인이 가질 수 있는 기본 도덕률조차도 없는 사람들이 지성인인양 말하고 행동하는데, 그런 사람이 아주 많습니다.

저는 지금이야말로 궤변의 시대라고 생각해요. 2천5백여 년이 흘렀지만 궤변론자들이 판을 치던 고대 아테네하고 똑같습니다. 궤변의 시대란 난무하는 수사학의 시대예요. 여기 물이 있는데, 말의 연금술사들이 궤변으로 그것을 콜라로 둔갑시켜 논쟁에 승리하는 것이죠. 궤변의 시대란 진실이 없어지는 시대이기도 합니다. 참된 지식이란 깨어 있음인 것 같아요. 우리가 지향해야 할 것은 지식이 아니라 지성, 지식인이 아니라 지성인이겠지요. 문자 그대로 깨어 있는 사람, 지성인이 지식인과 가장 다른 점은 이런 것이 아닐까 싶어요. 남을 변화시키려 하기보다는 스스로 깨어서 변화하려고 노력하는 것. 저는 지성인보다 더 좋아하는 사람이 있는데 '영성인'이라고 할까요. 영적으로 깨어 있는 사람을 존경합니다. 저 자신이 결국은 그런 사람이 되기를 바라고요. 결국 참 지식이란 지성이란 말도 되고 영성이라는 말도 되는 것 같습니다. 참 지식이 있으면 본래의 마음이 밝아진다는 것이고요. 다 같은 얘기가 아닐까요.

여유있게, 침착하게 - 여유에 대하여

최인호 ●○ 우문입니다만, 스님도 외로움을 느낄 때가 있으신가
요?

법정 ●○ 그럼요. 사람은 때로 외로울 수 있어야 합니다. 외로움을
모르면 삶이 무디어져요. 하지만 외로움에 갇혀 있으면 침체되지
요. 외로움은 옆구리로 스쳐 지나가는 마른 바람 같은 것이라고
할까요. 그런 바람을 쏘이면 사람이 맑아집니다.

최인호 ●○ 그런데 현대인들은 갈수록 고독을 느낀다고 합니다. 인

간 자체는 고독한 존재인데요. 옛날이나 지금이나 사람은 똑같이 외롭고 쓸쓸한 존재이지요. 다만 현대인들이 갈수록 고독해지는 것은 광장에 나와 있기 때문이고 고독을 받아들일 줄 모르기 때문이 아닐까 합니다. 우리는 과거보다 훨씬 복잡한 세계에서 훨씬 많은 일과 부딪치며 삽니다. 고독할 기회가 적다고 할까요. 그래서 인간은 원래 혼자라는 사실을 잊고 살다가 문득 외로워지면 어쩔 줄 몰라 하는 거지요. 쾌락으로 고독을 잊어보려 하지만 그것은 우리를 결코 위로하지 못합니다.

우리는 참 쓸쓸하고 외롭지요. 군중 속의 고독이지요. 그것이 본질이고 그 속에서 우린 성장할 수 있는데, 현대인들에게는 고독을 회피하게 하는, 잊게 하는 요소가 너무 많아요. 술도 그렇고 도박도 그렇고, 컴퓨터, 먹는 것, 물질, 쇼핑도 그렇고요. 하지만 이런 것들은 고독을 위로해 주는 게 아니라 더 갈증 나게 하는 것이거든요. 고독을 달랠 방법은 없습니다. 그런 방법들은 쓰레기에 불과하고, 거짓이니 속지 말라는 것입니다. 오히려 인간이 고독한 존재임을 받아들이면 그것을 통해 성숙할 수가 있거든요. 쾌락 속에서 성숙하는 건 아니죠. 고독이야말로 우리의 금강경이에요.

근래의 영성가 중에 토마스 머튼이라고, 〈칠층산〉을 지은 분이 있

"사람은 때로 외로울 수 있어야 합니다. 외로움을 모르면 삶이 무디어져요. 외로움은 옆구리로 스쳐 지나가는 마른 바람 같은 것이지요."

습니다. 가톨릭 교부이지만 불교에도 해박한, 훌륭한 사람인데 고독을 즐기려고 사하라 사막으로 나가 은둔 생활을 하고 돌아왔어요. 그런데 돌아와 하는 말이 "나는 내가 굳이 사막으로 나갈 필요가 없다는 걸 알았다"예요. 내 삶 속에서 광야를 발견하는 게, 우리 삶 속에서 광야를 발견하는 게 필요하다는 뜻이지요.

고독을 달랠 수 있는 방법은 없습니다. 그러니 인간이 고독한 존재임을 받아들이고 우리가 성장하는 길은 고독을 통해서임을 기쁘게 여겨야지요. 죽음에 대해서도 진지하게 생각해봐야 합니다. 죽음이야말로 고독의 최고 단계이니까요.

법정 ●◦ 맞습니다. 우리는 모두 언젠가는 죽는다는 사실을 받아들여야 하는 것처럼, 우리는 모두 고독할 수밖에 없는 존재라는 사실도 받아들여야죠.

최인호 ●◦ 느릿느릿한 삶, 진정한 여유를 갖는 것도 필요한 것 같아요, 스님.

법정 ●◦ 그 무엇에도 쫓기거나 서둘지 않는 것, 자신에게 주어진 여건과 상황에 순응하는 것, 그러면서 순간순간 자신의 삶을 음미하는 것, 그것이 느리게 사는 것, 여유 있게 사는 것이 아닐까 합니다. 삶의 귀한 태도이지요.

최인호 ●○ 사실 느리게 산다는 것, 진정한 여유를 갖는다는 것, 참 좋은 얘기인데 한편 어려운 얘기예요. 느림의 미학만 예찬하다 보면 자칫 게으름에 빠질 수가 있거든요. 자기의 어떤 본질의 게으름을 '아 여유 있게 살자구나'라는 식으로 위장할 수도 있고요. 중요한 것은 음악에서 악곡의 빠르기를 지시하는 말처럼 '빠르게, 그리고 느리게' 살아야 한다는 겁니다.
스님도 전에 그 영화 이야기를 하셨는데요, 스티브 맥퀸이 나왔던, 감옥에서 탈출하는 영화요.

법정 ●○ 〈빠삐용〉이요?

최인호 ●○ 네. 〈빠삐용〉에서 스티브 맥퀸이 꿈을 꾸는데 "너는 시간을 허비한 놈이다" 그런 말이 나오거든요. 그 장면이 아주 인상 깊었어요. 시간을 허비하는 것만큼 큰 죄도 없습니다. 참으로 큰 죄이죠. 시간이야말로 최고의 가치이니까요. 느림이란, 여유란 시간의 낭비를 뜻하지는 않을 겁니다. 느림이란 '여유 있게, 침착하게'이되 시간은 허비하지 않는 것, 그러니까 시간을 허비하지 않을 때는 분주해야 된다고 생각합니다.

마치 꿀벌들이 끊임없이 날아다니면서 꿀을 채집하듯이, 우리 의식은 늘 깨어서 인생이라는 기적의 꽃밭에서 꿀을 채집하는 것이죠. 분주하면서도, 사고와 의식은 모든 것을 관찰하는 '느리게'. 그러니까 '느리게'란 '충분하게'라는 뜻이겠지요.

우리가 흔히 하는 말로 우리 민족에게는 '빨리 빨리'라는 안 좋은 습성이 있다 그러지 않습니까. 이거 우리가 꼭 고쳐야 할 성격이라고요. 하지만 전 그렇게 생각하지 않아요. '빨리 빨리'는 우리 민족이 갖고 있는 저력, 에너지, 역동성이에요. 그러니 우리가 이 성격을 버릴 게 아니라 '빨리 빨리'에 '천천히' 혹은 '철저히'를 이식시키는 일이 중요한 것이죠. '빨리 빨리'를 왜 버려야 하나요. 그래도 이게 우리나라를 폐허에서 이만큼 끌어올린 원동력인데요.

베풂이 아니라 나눔 – 이웃에 대하여

최인호 ●○ 요즘 사람들은 죽은 물건, 필요 없는 물건만 남에게 주는 것 같은데 살아 있을 때 가진 물건을 나눠야 한다는 스님의 말씀 참 인상 깊게 들었습니다.

법정 ●○ 사람도 살아 있을 때 사람 구실을 하듯이 물건도 지녔던 사람이 죽으면 그 빛을 잃는 것 같아요. 살아 있을 때 염주라도 하나 주면 감사히 받는데 물건의 주인이 죽고 나면 뭔가 께름칙하고 선뜻 받게 되지 않더라고요. 그래서 '아, 나도 누구에게 뭔가 주고 싶으면 살아 있을 때 줘야겠구나, 죽은 다음에는 내가 가졌던 물건들도 동시에 빛을 잃고 생명력을 잃게 되겠구나' 하는 생각이 들었습니다.

최인호 ●◦ 대개 물건을 준다면 자기에게 불필요한 물건을 주는데 그러지 말라는 그 말씀도 참 좋았습니다.

법정 ●◦ 물건이 남아돌아서가 아니라, 정말 그 물건을 좋아하고 그 물건을 소유할 만한 그런 상대가 있으면 주고 싶어지거든요. 내가 늘 하는 소리지만 산다는 것은 나눠 갖는 거예요. 뭐든 원래 내게 있던 것이 아니잖아요. 사람은 누구나 빈손으로 왔다가 빈손으로 가니까요. 나는 베푼다는 말에 상당히 저항을 느껴요. 베푼다는 말에는 수직적인 관계, 주종 관계가 따르는 것 같아서요. 한국전쟁 때 미군이 우리에게 물자를 주면서 굉장히 생색을 냈잖아요. 그것은 진정한 원조가 아니지요. 원조란 상대방이 상처받지 않고 기쁘게 받아들일 수 있도록 해야 하는데 말입니다. 개인과 개인 사이의 나눔도 마찬가지이고요. 교회에서든 절에서든 흔히 베푼다는 말을 쓰는데, 사실은 나누는 것이지요. 진정한 나눔은 수평적인 관계입니다.

최인호 ●○ 교회에서도 특히 나눔을 강조하는데요. 기독교의 진리 중 나눔에 대한 유명한 이야기가 있습니다. 성경에 보면 사람이 몇 천 명 모여들자 예수가 제자들에게 그 사람들에게 먹을 것을 나눠주라고 하는데, 제자들은 "우리는 가진 것이 없습니다. 여기는 민가와 너무 멀리 떨어져 있고 우리가 가진 것이라고는 물고기 두 마리와 빵 다섯 개뿐입니다"라고 말합니다. 그런데도 예수는 "너희가 먹을 것을 주어라" 하거든요.

'여긴 멀리 떨어져 있다' '우리가 가진 것이 없다' 라는 제자들의 변명이 아주 재미있는데, 이 말은 사실 우리 입에서 늘 나오는 말이기도 하거든요. 우리는 '시간이 없다' '가진 게 없다' 는 이유로 나눔을 실천하지 못하곤 합니다. 하지만 우리는 시간이 많고 가진 게 많기 때문에 나눌 수 있는 것이 아니라 사랑이 있기 때문에 나눌 수 있는 것이거든요. 제가 누군가를 굉장히 사랑한다면, 누가 가르치지 않아도 자연스럽게 나눌 수 있기 때문입니다.

제가 옆집 사람을 사랑한다면 그와 콩 한 쪽이라도 나눠 먹고 싶어지고, 사랑에 빠진 남녀만 보더라도 무슨 할 말이 그렇게 많은지 만나면 시간 가는 줄 모르잖아요. 사랑은 물질뿐 아니라 시간과 노력도 나누게 합니다. 그런 뜻에서 나눔보다 먼저 필요한 것은 '너와 나'의 관계 회복이 아닐까 싶습니다.

옛날 우리 어머니들은 걸인이 찾아오면 그냥 돌려보내는 법이 없었어요. 밥 한 끼, 따뜻한 말 한 마디를 꼭 나눠주셨지요. 불쌍한 사람에게 베푼다는 생각에서가 아니라, 같은 시대를 살고 있는 사람에 대한 공동체적 사랑에서 나온 자연스러운 행동이었지요.

은혜를 베푸는 듯한 태도로는 진정한 나눔을 이룰 수 없다는 스님의 말씀은 옳습니다. 불교에 '무주상보시無住相布施'라는 말이 있지요. 대가를 바라지 않고 주는 것이야말로 진짜라고요. 특히 요즘 같은 때 무주상보시의 나눔이란 반드시 실천해야 할 덕목입니다. 이제는 경제 개념이 소유에서 나눔으로 가지 않으면 안 됩니다. 그렇지 않으면 천민자본주의가 되어버리거든요. 나눔이 생색낼 일이 아니라 당연한 일로 여겨져야 하지요.

신년 대담 때문에 김수환 추기경을 만난 적이 있는데 저보고 그러시더라고요.

"최 선생, 이 세상에서 제일 먼 여행이 뭔지 아시오? 머리에서 마음으로 가는 여행입니다."

추기경 말씀처럼 우리가 생각하는 것하고 마음하고는 투 도어 냉장고처럼 분리되어 있어요. 머리들이야 다 좋지요. 그러나 그것이 마음으로까지 가느냐. 그게 문제겠지요.

그런데 스님, 기독교에서 용서한다는 말도 하잖아요. 진짜 용서한다는 것에 대해서는 저는 요즘 많은 고민과 생각을 하고 있습니다만, 진정한 용서라는 개념에 스님께서는 어떻게 생각을 하고 계시는지요?

법정 ●○ 용서라는 말에는 어딘지 수직적인 냄새가 나요. 비슷비슷한 허물을 지니고 살아가는 중생끼리 누가 누구를 용서할 수 있겠어요. 용서라기보다는 서로가 감싸주고 이해하고 받아들이는 관용 정신이 필요하지 않을까요. 개인적인 갈등이나 집단적인 대립도 이 관용 정신에 의해서 극복될 수 있습니다. 관용은 모성적인 사랑의 극치라고도 할 수 있어요. 독실한 가톨릭 신자인 최 선생께서는 용서에 대해 어떻게 생각하시는지요.

최인호 ●○ 기독교에는 '주의 기도'라는 가장 기본적인 기도가 있는데, 그중의 핵심이 '우리에게 잘못한 일을 우리가 용서하듯이 우리의 죄를 용서하시고'라는 구절입니다. 우리가 남을 용서하지 않으면 하느님도 우리를 용서하지 않는다는 것입니다. 제가 이것을 오랫동안 생각했고 이를 바탕으로 〈영혼의 새벽〉이라는 소설도 썼지만 사실은 굉장히 어려운 말이라고 생각합니다. 사람이 사람을 어떻게 용서할 수 있겠습니까? 그건 너무 힘든 일이라고 봅니다. 성철 스님께서 이런 얘기를 하셨죠.

"나는 기독교를 좋아한다. 그러나 이해할 수 없는 한 가지는 바로 용서의 개념이다. 내가 너를 용서할 수 있다니, 어떻게 내가 너를 용서할 수 있겠는가!"

저는 성철 스님의 이 말씀에 동의합니다. 내가 누군가를 용서할 수 있다는 생각은 교만이라고 봅니다. 그럼에도 불구하고 기독교의 기본인 '주의 기도'에는, 우리가 용서하지 않으면 하느님도 우리를 용서하지 않는다는 말이 나오거든요. 베드로가 예수에게 "주님 일곱 번만 용서하면 되겠습니까?"하고 묻자 예수가 일곱 번씩 일흔 번이라도 용서하라고 그랬습니다. 베드로의 말도 교만이지요. 사람은 일곱 번씩도 용서 못해요. 그리고 성철 스님 말씀대로 인간이 인간을 용서 못합니다. 용서할 수 있는 존재가 아니거든요. 그런데 예수 그리스도는 왜 일곱 번씩 일흔 번을 용서하라고 그랬을까요. 그 얘기는 무한정 용서하라는 뜻인데 그것이 가능하겠습니까?

그럼 예수 그리스도는 인간에게 지키지 못할 무거운 짐을 안겨 주는 존재인가, '무거운 짐 진 자는 다 내게 오라, '내가 널 편하게 하리라'고 해 놓고 더 큰 짐을 안겨 주잖아요. 이런 의문들에 대해 곰곰이 생각한 끝에 저 나름대로의 결론을 얻었습니다. 예수 그리스도가 십자가에 달려 돌아가실 때 이런 말을 했지요.

"하느님 저들을 용서하소서. 저들은 자신들이 하고 있는 일이 무엇인지 알지 못하나이다."

예수가 십자가에서 남긴 이 마지막 유언을 보고 저는 이런 생각을 했죠. 예수는 "하느님, 저들이 무얼 하고 있는지 모르니 제가 저들을 용서합니다"라고 하면 될 것을 왜 하느님께 용서를 미뤄 버렸는가 말입니다. 예수조차 용서하지 못한 것 아닐까요. 제가 보기에 일곱 번씩 일흔 번을 용서하라는 예수의 말씀은 무한정 용서하라는 뜻이 아니라, 용서할 수 없다는 말입니다. 저는 '내가 미워하고 용서할 수 없는 저 사람이 하느님으로부터는 용서받은 존재이다'라는 것을 발견하는 일이 우리가 할 수 있는 용서라고 봅니다. 며느리가 시어머니에 대한 불만과 미움이 가득한데 교회에 가면 용서해야 한다는 말만 들으니 부담감과 상처만 가지고 돌아오게 됩니다. '내가 악마에 씐 게 아닐까' 하는 생각을 가지고 오는 거죠. 예수 그리스도가 우리에게 기쁨과 편안함을 줘야 할 텐데 이렇게 되면 편안함을 얻을 수가 없지요. 그게 아니라 '내가 미워하는 저 시어머니일지라도 이미 하느님으로부터 용서받은 자다' 이렇게 하느님의 용서를 발견하는 게 우리의 용서지요. 그런데 여기에는 '나 같은 사람도 하느님으로부터 용서받을 수 있는 존재로구나'라고 깨닫는 일이 전제가 되어야 합니다. 그게 바로 기독교에서 얘기하는 회개이겠지요. 뉘우침이 전제되었을 때 '나 같은 사람도 용서받았고 내가 미워하고 증오하는 저 사람도 용서받은 존재이니 서로 미워해서는 안 되겠구나'라고 깨달을 수 있는 겁니다. 이때 우리에게 용서의 기쁨이 다가올 수 있죠. 이건 가능한 얘기입니다.

'주의 기도'는 이런 뜻을 담고 있다고 생각합니다. '우리에게 잘못한 이가 이미 하느님으로부터 용서를 받았음을 우리가 발견케 하시고.' 이게 오히려 우리가 올릴 수 있는 기도입니다. 그렇지 않으면 내가 용서해야 한다는 강박 관념은 끊임없는 죄의식을 안겨줄 뿐이지요.

용서라는 개념은 기독교의 핵심 사상이고 핵심 교리일 뿐 아니라 우리에게 가장 중요한 도리인 것 같습니다. 저도 실제로 아이들을 키울 때 상처를 참 많이 줬지요. 모든 상처가 가정과 학교에서 나온다고도 하는데요, 부모건 교사건 남에게 잘못했다고 느낄 때는 용서를 구해야 한다고 생각합니다. 제 아들에게 정식으로 '그때 그런 일이 있었는데 내가 정말 잘못한 일이었다'라고 용서를 구한 적이 있지요. 사소한 일인 것 같지만 그렇게 용서를 구하니 엄청난 화해를 이루게 되더군요.

우리나라의 비극은 용서를 구하지 않은 데 있다고 봅니다. 전두환 씨나 노태우 씨가 정말 멋진 사람들이라면 이런 말을 했어야 하지요. "나는 그때 그게 애국하는 길인지 알았는데 결과를 보니까 내가 정말 어리석은 짓을 했다. 정말 국민들에게 죄송하다"라고요. 끝내 모른 척하는 배짱이 용기가 아니라 용서를 구하는 게 진정한 용기인데 말입니다. 〈죄와 벌〉을 보면 살인을 한 라스콜리니코프에게 소냐가 '광장에 나가서 대지에 입을 맞추고 살인을 했음을 고백하라'고 말합니다. 이런 식으로 자신의 잘못을 용기 있게 다른 사람들에게 속죄할 때 비로소 성숙한 나라로 나아갈 수 있는 것이지요.

스님, 우리나라 국민 중 기독교 신자, 불교 신자를 합하면 6천만 명이랍니다. 우리나라 인구보다 많대요. 세계적인 종교 왕국이란

성북동 길상사 선방 초입의 사립문

말이 사실이죠. 전 세계에서 불교나 기독교, 가톨릭이 이렇게 부흥하는 나라가 없거든요. 물론 외국처럼 극심한 종교 갈등이나 전쟁은 아직 없습니다만, 종교 왕국이라는 우리나라는 정말 비종교적인 것 같습니다. 종교적이라면 우리나라가 이럴 수가 없겠죠. 거기에 대해 한 말씀 해 주시지요. 스님은 기독교에 대해서도 관심이 많으신데요.

법정 ●○ 나 자신도 반성하는 일입니다만, 불교도가 되었건 가톨릭 교도가 되었건 그 밖의 다른 종교의 교도가 되었건 가르침의 참뜻을 알아야 하는데 흔히 그 뜻을 왜곡하곤 하거든요. 지금 이 자리에 예수님이 계신다면, 부처님이 계신다면 어떻게 처신하셨을까 하고 미루어 생각해 보면 보편적인 해답이 나옵니다. 그런데 그런 뜻을 모른 채 특정 상황에서 표현된 지엽적인 말씀을 가지고 이러쿵저러쿵 하기 때문에 거기 걸려들잖아요.

모든 종교에는 착하게, 이웃을 도와가며 살라는 보편적인 요소가 있습니다. 그런 보편적인 요소는 무시해 버리고 내가 믿는 종교만이 올바르고 남의 종교는 일고의 가치도 없다고 치부를 해 버리면 문제가 생기는 겁니다. 성서나 불경의 참뜻은 모르고 지엽적인 것에 매달리기 때문에 편견과 고정 관념이 생기지요. 그러니 바른 종교를 갖지 못하는 거예요. 불교 안에서도 마찬가지입니다. 오히려 종교를 갖지 않은 사람은 그런 편견이 없지요.

최인호 ●○ 종교를 가진 사람이 신념을 가지면 더 위험해지죠.

법정 ●○ 그럼요. 종교 전쟁이 일어나잖아요. 역사상 많은 전쟁이 넓은 의미에서 보면 기독교와 이슬람의 전쟁이었지요.
종교인의 현실 참여 문제도 그렇습니다. 저마다 자신에게 주어진 몫에 충실하다면 전체적인 조화와 균형을 이룰 수 있습니다. 자신의 할 일을 미뤄둔 채 남의 일에 시시콜콜 참견하는 것은 별로 좋게 여겨지지 않습니다. 종교인은 우선 종교적인 현실에 진지하게 참여할 수 있으면 됩니다. 그러면서도 국지적인 데서 벗어나고 전체를 살펴보는 눈을 길러야 합니다. 그래야 그 열린 눈으로 이웃을 거들 수 있을 것입니다.

최인호 ●○ 가톨릭에는 이런 말이 있습니다.
'저에게 올바른 분별력을 주소서, 올바른 판단력을 주소서.'

베이루트는 중동에서 가장 아름다운 도시였는데 지금은 폐허가 되어버렸습니다. 그 이유는 기독교도와 회교도 사이의 싸움 때문인데, 기독교인들이 싸우는 이유가 참 웃깁니다. 주님이 이렇게 말씀을 하셨거든요. "내가 너희에게 평화를 주러 온 줄 아느냐, 너희에게 칼을 주러 왔다."

종교를 잘못 받아들이면, 의미를 깊이 묵상하지 않고 문자로만 받아들이면, 올바른 분별력에 의해서 그 뜻을 헤아리지 않으면 엄청난 결과를 초래하게 됩니다. 이 성경 말씀은 박해와 갈등 속에서도 신념을 갖고 행동하라는 뜻인데 문자만 충실하게 해석한 거지요. 칼을 주러왔다, 불을 주러 왔다고 하니까 회교도에 맞서 전쟁하라는 얘기로 해석해 베이루트처럼 아름다운 도시를 폐허로 만든 겁니다. 성경에도 '눈 먼 사람이 지도자가 되면 모든 사람이 구렁텅이에 빠진다'는 말씀이 있습니다. 종교가 이데올로기가 되면 무서워요. 간디도 희생 없는 종교야말로 나라를 망칠 수 있다고 하지 않았습니까? 우리 나라같은 종교 왕국에서 최소한의 교리에만 충실해도 갈등은 없겠지요.

요즘 저는 "아이구, 제발 제가 위선자가 되지 않게 해 주십시오"하고 기도합니다. 며칠 전에 저희 아내와 함께 텔레비전의 어느 종교

방송을 재미있게 보고났는데 아내가 "저렇게 옳은 말씀을 하시는 저 분에게 거짓이 없어야 할 텐데"라고 말하는 겁니다. 그 말을 듣고 많은 생각을 했죠. 저도 마찬가지예요. 한 60년 살다 보니까 올바른 얘기를 할 수도 있겠지만, 과연 그 말에 거짓이 없는가에 대해 저는 아직 자신이 없거든요. 그래도 "거짓 없는 사람이 되도록, 완전히 거짓 없는 사람이 될 수는 없겠지만 다만 그런 사람이 되도록 노력하는 일만은 멈추지 않게 해 주십시오"라고 기도는 하죠. 저는 정말 제가 끊임없이 노력하는 사람이었으면 좋겠어요. 제가 감히 성인이야 될 수 있겠습니까? 다만 그쪽으로 멈추지 아니하고 조금씩이라도 나아갈 수 있는 사람이 되었으면 좋겠습니다.

몸은 잠시 걸친 옷일 뿐 - 죽음에 대하여

최인호 ●○ 스님, '늘 새롭게, 늘 똑같이'는 〈샘터〉의 슬로건이기도 한데 무엇을 새롭게, 무엇을 똑같이 해야 할까요?

법정 ●○ 늘 새 물이 솟아야 샘의 구실을 하는 것이지, 고여 있으면 그건 웅덩이지 샘이 아닙니다. 그러니 자꾸 퍼내야 하지요. 퍼내야 깨끗한 지하수가, 새로운 물이 흘러나오게 되는 거지요.

최인호 ●○ 스님 말씀대로 늘 같은 물이지만 퍼내지 않으면 결국은 썩게 되지요. 사람도 마찬가지겠지요?

법정 ●○ 농부가 되었든 대학 교수가 되었든 사람이란 탐구하는 노력이 끝나면 그때부터 늙음과 죽음이 시작되는 것입니다. 꼭 책보고 논문 쓰는 게 아니라 인간사를 진지하게 들여다보며 반성하고 새롭게 시작하는 것이 탐구거든요.

최인호 ●○ 용문사에 우리나라에서 제일 큰 은행나무가 있잖아요. 그게 천 년이 넘었는데 아주 감동적인 것이 여전히 자라고 열매를 맺고 있다는 사실입니다. 그런데 대부분의 사람은 조금만 나이를 먹으면 성장이 멈춰 버리는 병에 걸리지 않습니까?

법정 ●○ 육신의 나이를 의식하는 자체가 벌써 늙음입니다. 사람의 명이란 것이 한정되어 있는 게 아니지요. 갓 태어나 갈 수도 있고 열 살 살다가 가는 수도 있고, 요즘에는 사건 사고가 많기 때문에 제 명대로 사는 경우가 드물지요.
인도식 인생관으로 생각하자면 우리의 육신이란 잠시 걸치고 있는 옷일 뿐입니다. 육신에는 세월이 있을망정 영혼에는 나이가 없기 때문에 영혼의 나이를 생각하며 산다면 지금 ABC부터, 하늘천 따 지부터 시작해도 되는 겁니다. 내가 이 나이에 뭘 하겠느냐고 생각하는 것은 스스로 성장을 포기하는 일이지요. 동서고금의 위인들 생애를 보면 늘 새로워지려고 노력하고 죽는 그날까지 탐구를 멈추지 않았아요. 그런데 우리는 일찌감치 틀에 갇힌 채 '내 나이가 벌써 불혹이구나' '고희인데' 하는 생각으로 자신이 갖고 있는 충분한 잠재력을 포기합니다. 아인슈타인도 그런 말을 했지요? 어떤 천재도 자기 능력의 2퍼센트 밖에 쓰지 않는다고 말입니다.

최인호 ●○ 그렇다면 스님, 어느 책에선가 죽음이 무섭지 않다고 하셨는데 정말 무섭지 않습니까?

법정 ●○ 실제로 죽음이 닥치면 어떨지 모르겠지만 지금 생각으로는 그렇습니다. 우주의 질서처럼, 늙거나 죽는다는 것은 아주 자연스러운 일이지요. 죽음은 나무가 자라는 것처럼 자연스러운 일이거늘, 육신을 자신의 소유물로 여겨 소유물이 소멸된다는 생각 때문에 편안히 눈을 못 감는 것이지요.
죽음을 삶의 끝으로 생각하면 안 됩니다. 새로운 삶의 시작으로 생각할 수 있어야 합니다. 이런 생각들이 확고해지면 모든 걸 받아들일 수 있어요. 거부하려 들면 갈등이 생기고 불편이 생기고 다툼이 생기는데, 겸허하게 받아들이면 편안해집니다.

최인호 ●○ 적극적으로 받아들이는 것이 중요하겠지요.

법정 ●○ 죽음을 받아들이면 사람의 기량이, 폭이 훨씬 커집니다. 사물을 보는 눈도 훨씬 깊어집니다. 표면을 통해서 심층까지 들여다볼 수 있게 되는 것이지요.

이 세상에 영원한 것이 어디 있겠습니까. 사람도 살 만큼 살았으면 그만 물러나야지요. 사람이 만약 2백 년, 3백 년씩 산다고 가정해 보세요. 얼마나 끔찍한 일입니까. 나무는 해가 묵을수록 기품이 있고 늠름해지지만, 동물인 사람은 나이가 들수록 세월의 풍상에 씻겨 추해집니다. 그만 몸을 바꾸라는 소식 아니겠어요? 때가 되면 폐차 처분하고 새 차를 갖듯이 말입니다. 이렇게 생각하면 죽음이란 조금도 두려워할 것 없는 지극히 자연스러운 일이에요. 대신 내가 지금 이 순간순간을 얼마나 나답게 살고 있는지가 우리의 과제이지요. 현재 주어진 시간과 에너지를 어떻게 쓰고 있느냐, 또 이것이 이웃에게 어떤 영향을 미치고 있느냐를 늘 생각해야 합니다.

죽음 앞에서 두려워한다면 지금까지의 삶에 소홀했던 것입니다. 죽음은 누구나 겸허히 받아들여야 할 자연스러운 생명 현상입니다.

최인호 ●○ 우리 육신의 나이는 있지만 영혼의 나이야 영원 아니겠습니까? 시작도 없고 끝도 없겠지요. 불교에서 말하듯 천지미분전天地未分前부터 내려오고 부모미생전父母未生前부터 내려온 영혼인데, 기독교에도 표현이 다를 뿐 '한 처음'이라는 같은 의미의 말이 있습니다. 아버지의, 아버지의, 아버지가 없으면 우리도 없지요.
하지만 스님, 저는 죽음이 두렵습니다. 두렵기 때문에 죽음이 아닐까요? 오죽하면 키에르케고르는 '우리는 태어난 순간부터 병을 앓는다, 그것이 죽음에 이르는 병이다'라고 했겠습니까. 죽음이란 누구도 피해갈 수 없는 병이지요. 어디서 와 어디로 가는지 모르는 인생이지만, 죽음이 있기 때문에 인생이 의미 있어지는 것 같습니다. 모든 철학과 사람의 사고, 행동, 그 밑에는 죽음에 대한 공포가 있어요. 죽음이 무엇인지 알 수 없기 때문에 생기는 공포이겠지요. 죽음은 피할 수도 없고, 상상할 수도 없는 것인데 저는 오히려 죽음으로써 우리 인생이 완성된다고 봅니다.
불교에는 죽은 후의 자기 모습을 생각해보는 '고골관枯骨觀'이라는 것이 있다지요. 저도 가끔 죽음을 생각해요. 특히 생각이 몹시 예민해지는 새벽에 죽음을 생각하면 굉장히 절실하게 다가와요. 소설에서는 제가 주인공을 참 많이 죽였는데, 지금까지 제 죽음은 별로 생각해본 적이 없었지요. 고통스러우니까요.

침묵의 수도로 유명한 트리피스 수도원에서도 한 가지 말은 허용된다고 합니다. '메멘토 모리', 죽음을 기억하자는 말이지요. 수도사들이 서로 만나면 "형제여, 우리가 죽음을 기억합시다"라고 말한답니다. 얼핏 들으면, 삶을 얘기해야 하는데 왜 밤낮 죽음을 기억하자는 얘기를 하는지, 재수가 없다고 생각할 수도 있지요. 그렇게 우리는 죽음에 대해 별로 생각하지 않고 준비도 안 하는데, 그런 상태에서의 죽음은 느닷없는 피살과 같아요. 죽음에 대해 깊이 생각하면 할수록 우리의 인생은 깊어진다고 봅니다. 현대인들은 죽음을 불길한 것으로 여기면서 즉흥적이고 찰나적이며 현실적인 것에만 가치를 두고 있지요. 죽음을 잠시 저쪽에다 방치해놓고, 마치 없는 것처럼 생각을 안 하고 있으니까 어느 날 갑자기 죽음의 문제가 내 앞에 닥쳐왔을 때 당황하고 마치 피살당하는 것처럼 죽게 되지요. 물론 죽음이 나의 문제로 다가올 때는 두렵고 고통스럽기만 합니다. 그럼에도 불구하고 죽음이 나에게 왔을 때 통곡하고 분노할 것인가, 아니면 두려움에 떨 것인가, 죽음에 대해 좀더 자주, 깊이 생각하려고 합니다.

스님, 이제 대화를 마쳐야 할 시간이 된 것 같군요. 오늘 참 좋으신 말씀 감사합니다.

법정 ●○ 나도 모처럼 최 선생을 만나 부담 없이 허심탄회한 얘기 많이 나눴습니다. 고맙습니다.

최인호 ●○ 매화차도 향기롭고 풍경 소리도 좋고, 스님 말씀 들으니 정말 좋습니다. 감사합니다.

대 화

90대, 80대, 70대, 60대 4인의 메시지

1판 1쇄 발행 2004년 10월 10일
1판 20쇄 발행 2015년 4월 30일

지은이 피천득 · 김재순 · 법정 · 최인호
사진 김홍희
펴낸이 김성구
대담 정리 황인희 · 김문숙

디자인 여종욱 문인순
제 작 신태섭
마케팅 최윤호 손기주 송영호 유지혜
관 리 김현영

펴낸곳 (주)샘터사
등 록 2001년 10월 15일 제1-2923호
주 소 서울시 종로구 대학로 116 (110-809)
전 화 02-763-8965 (단행본부) 02-763-8966 (영업마케팅부)
팩 스 02-3672-1873 **이메일** book@isamtoh.com **홈페이지** www.isamtoh.com

ISBN 978-89-464-1489-1 03810

이 도서의 국립중앙도서관 출판시도서목록(CIP)은 서지정보유통지원시스템 홈페이지(http://seoji.nl.go.kr)와
국가자료공동목록시스템(http://www.nl.go.kr/kolisnet)에서 이용하실 수 있습니다.
(CIP제어번호:CIP2004001774)

값은 뒤표지에 있습니다.
잘못 만들어진 책은 구입처에서 교환해 드립니다.